四海为仙

⑤ 邪神藏杀机

管平潮 ◎ 著

浙江文艺出版社
Zhejiang Literature & Art Publishing House

目录

第一章
去留随意，闲探风月江山

第二次送别了小盈，小言心中倒似乎一片宁静。

对他而言，月下飘立树冠，吹完《西洲曲》《紫芝》两曲，便已不再需要详知少女的去路；不需知道她在太守府中如何凤冠霞帔，也不需知道尊贵的南海郡太守大人，如何抢先替她品尝每道菜肴。

他与她之间，在那笛曲结束之时，便已告完结。

等待年关的日子里，千鸟崖秩序如常。

清婉宁静的雪宜，依旧尽心尽力地打理着四海堂内的一切杂务；活泼好动的琼容，依旧玩耍，依旧为得到哥哥的一句称赞而努力保持又乖又懂事。

这一年中经历过荣耀与磨难的四海堂堂主，则依旧将经卷典籍勤读不辍，将道力法术勤习不辍。加之又有了些"感恩"的心思，便常记得在千鸟崖前，给那些虔心的仙山灵物讲演道法经义。

山中岁月，不知寒暑。就在一片清凉中，四海堂迎来了辞旧迎新的岁除元日。

岁尾这天，四海堂中也如一般民户一样，在门侧挂起了神荼郁垒的桃符。除夕夜里，四海堂石居中也燃起了火炉，小言与琼容、寇雪宜，围炉团坐,享用小馔,酒饮屠苏,通宵不寐,一起尽守岁过年之意。

这一回,小琼容已接受上次中秋的教训,始终忍着不睡,陪着堂主哥哥和雪宜姐姐,一直撑到了第二天早上。第一次过这样团圆的年节,她也是兴奋莫名,只管缠着小言,让他讲述过年的典故。因此即使这次一夜不眠,也并不十分难熬。正可谓"儿童强不睡,相守夜欢哗"。

就在小言与琼容、雪宜守岁期间,他拿出那朵灵漪儿相赠的白玉莲苞,在手中反复展玩。只不过,也只是始终把玩而已。迟疑几次之后,终究未放入琼容端来的水盆中。

过得年关,所有人便都长了一岁。

虽然年长了一岁,小言在心智阅历上,倒也并未显得更加老成。这不,到了二月尾上这一天,懒洋洋地晒着初春温暖的阳光,看着琼容又在堂前不知疲倦地逗弄她那两只朱雀火鸟,这位十八岁的四海堂堂主不禁又开始浮想联翩:"啥时我去集上买只雀笼?让琼容这两只宝贝鸟儿住上。再购得一只清水花缸,将雪宜那根金碧纷华的花杖养上。嗯,如此一来,我这千鸟崖,也就和饶州富人家的花鸟庭院,相差不多了。妙哉妙哉!"

就在小言胡思乱想之时,雪宜晾晒完一些衣物,快走向东岩冷泉边,继续搓洗剩下的衣物。

小言的目光,无意识地落在她身上。呆呆望了一阵,无所事事的少年堂主,心里却忽然一动:"雪宜那双手……罢了,还是我不够细心。雪宜做过这么多杂活,那双臂腕却还是光洁如璧。若当初真是个普通贫家女子,又如何能将肌肤保持得如羊脂一般白腻?当日我早就该看出破绽来了。"

正在少年堂主慨叹自己经验浅薄之时,忽听得身旁石鹤一串清唳。转头看去,身旁那两只石鹤口中正冒出两道袅袅的烟气。

哦,是飞云顶有事相召。

一见石鹤喷烟，已闲得多日的四海堂堂主，赶紧从门前石阶上站起，束装整容，急往飞云顶听令。

　　到了澄心堂，听得灵虚掌门之言，已闲得发慌的小言这才知道，自己盼望的历练机会，终于来了！

　　原来，灵虚师尊跟他说，经过上次赵无尘之事，他便留心有无机会让四海堂堂主下山历练。正好，最近有下山弟子传来回报，说他所承师门任务，一时没什么进展。于是，灵虚子立即便想到千鸟崖上这位少年堂主。

　　灵虚子说道："小言，这次你便下山，替师门寻找已失却半年多的上清宫水之精。"

　　"水之精？"

　　"不错！你也许不知，刚才你来我上清观途中，在广场上经过的那座太极流水，便是原本水之精所居之地。"

　　"哦？"小言闻言讶异，然后恍然道，"怪不得！我一直就觉着那石质太极好生奇怪。阴面那层流水，潺潺不息，却又不知从何处而来，又流到哪儿去。原来，是水之精啊！"

　　说到这儿，他又有些迟疑起来："不过我刚才来时，看那太极流水似乎与往日也没啥两样啊？这水之精是……"

　　见他疑惑，灵虚子微微一笑，解释道："小言你须知，世上凡有形体者，必有精气。地之厚处，则为土精所在；焰之不绝，则为火精所处。我上清飞云顶建这石质太极处，本是罗浮山水精所在。罗浮洞天，已历不知凡几，自古至今，千万年飞云顶为水华所聚，已具魂魄。

　　"但在半年前，这飞云顶水之精，竟不辞而别，化形离山而去。当然，虽说一时别去，但那精气盘结，非一日所能聚，亦非一日所能散，因此你见太极流水仍是流转如常。

"只是这飞云顶水之精，受我上清历代教化，原本已是皈依，算得教中守护，这次竟脱然化去，让人好生费解。

"本来倒也罢了，只是飞云顶水之精，与广场四方圣灵石像，又组成一座水极四象聚灵阵，可将罗浮洞天中浩浩无穷的天地灵气，汇集向我飞云诸峰，以助我上清门人修行。而要聚集如此磅礴的天地元灵，若离了水之精的本体，便有些吃力。因此，我门中才要派遣弟子下山寻访，务要请得那水之精再度归来，与我上清同修无上大道。"

"原来如此！"小言暗暗称奇之余，心中不禁想到，"掌门所说的水极四象聚灵阵，效用倒和我的炼神化虚差不多。只是，规模恐怕有天壤之别。"

灵虚子倒不知眼前少年心中的想法，继续说道："这寻访水之精之事，正是你的历练良机。若按常例，我上清宫每位堂主殿首，都需去尘世中历练一番。小言你这堂主虽是超擢而来，这次却正好去尘世中走上一遭。"

"谨遵掌门之言。其实我也觉着，自己现在还不如当年在饶州城时来得机灵！"

灵虚子哈哈一笑道："我已遣出不少弟子寻访，因此这寻找水之精之事，也不必过分着急。此行主要还是历练。归期也不急，你只要赶在三年后委羽山嘉元会之前回来便可。若这当中有不称意处，亦可及早返回罗浮山，不必勉强。"

顿了顿，又想到一事，灵虚子便道："你堂中那两位仙子，去留皆随她们心愿。若四海堂中无人，则你这开启贮册石屋的堂主令牌，便交给贫道，我好让清溟代为照看四海堂。你回去后，可先问问两位仙子的意愿……呃？"

刚说到这儿，灵虚子却见眼前少年，已开始从腰间解下那块非金非铁的令牌，双手奉上，并肯定地说道："禀过掌门师尊，那两个女孩，一准都要跟我一起走。现在我便把令牌交还！"

回归千鸟崖的山路上，一想到过不了几天，便可去广阔天地中闲逛，小言便满心兴奋不已。毕竟，千鸟崖上的岁月虽然平和无忧，但对他这么一个血气方刚的少年人来说，久而久之，也会觉得憋闷。幸好有琼容、雪宜她们在，否则，他很可能早就跑到飞云顶主动请缨了！

现在不似当年，当年他整天考虑的只是衣食温饱，现在生存已不成问题，于是少年内心里从未缺席过的正义之心，便蠢蠢欲动，蓬勃发展。

他，张小言，是热血少年，一直想匡扶正义、锄强扶弱，让这个世界变得更美好！

掩不住一脸笑意的张小言，想到这次要不要顺道回饶州看看，心中便不免记起当年饶州善缘处那位老道清河。这样看来，老头儿那番所谓入世历练的托词，也并非全是虚言。

又想到刚才灵虚掌门最后几句话，小言便不禁更加想笑："小言啊，这次下山，不免要遇到降妖除魔之事。若是事办得顺手，功德圆满，别人问起时你也不必替师门遮掩，毕竟，这也是彰显我道家上清三宝道德之名。只是，如果事做得尴尬，那便……哈哈！"

等回到千鸟崖，果不其然，他只稍微一提，两个女孩各自便用特殊的方式，表达了想与堂主一起下山的意愿。

下山前的几天里，小言又去前山弘法殿中，与清溟道长办了些交接事宜，顺便又与华飘尘、陈子平等相熟弟子一一话别。其余工夫，便与堂中两位少女着紧整理行装。

三月三这天，小言与琼容、雪宜一早起来，赶去飞云顶后山的上清圣地怀先堂，拜过历代祖师遗灵，祈过诸位先师福佑，然后便回到抱霞峰，各自背上尺寸不一的包袱行囊，告别了生活几近一年的千鸟崖，在一片明烂的春光中，踏上下山历练的旅程。

下山时，在三人身后，碧树绿丛中隐隐有鸟啭兽鸣，其音低回连绵，一路不绝。

下得山后，小言与琼容、雪宜二人，按着灵虚掌门指向西北的大概方向，不问前路，信步而行。

虽然，此时他们三人都能短途飞空，但师门任务并不紧急，所以在堂主小言的指令下，三人优哉游哉，四处闲逛，最多在荒野无人处略略飞行一段，其余大多时候，只是寻常走路。

他们曲折穿越过几个城镇，细细打听了几回风土人情，不知不觉间，已是四月出头。

这一日，小言几人正闲逛到始兴郡地界。

"真热啊！"走了一程，小言忍不住摘下头上草笠，卷在手中当扇子扇。

"呼呼！"听他抱怨热，脸上半点汗珠也无的小琼容，也立时伸出舌头，跟着呼呼喘气。

出身万丈冰崖的寇雪宜，虽然修行几近千年，但遇着这旱热天气，也不禁花容微皱。

说起来，现在才是四月刚过，还不到暮春时节，但眼前这天气，便已十分炎热。最要命的是，热便罢了，这身周空气还十分干燥。稍一流汗，小言就觉着口干舌燥，焦渴难熬。

看着路边同样焦枯的草木，小言苦笑道："真旱。咱得赶紧找个池塘寻水喝！"

只是，向前逡巡直有三四里，却见不到半个蓄水池塘的影子。一路上，倒是看到不少或大或小的方坑，其中不盛一物，也不知挖来干啥用。

正在焦渴彷徨间，忽听身旁不住蹦跳的琼容，手指着前面欢叫道："看，那儿有个姐姐！"

正四下张望的小言闻言朝前望去,只见十数丈开外,在烟尘散漫的驿路旁边,一个姿态婉约的女子正倚坐在道旁长亭中。

"哈!正好去问问她,这地界哪儿有水源。"一见有人,正口渴难耐的小言大喜过望,赶紧快步朝长亭奔去。

待到了近前,已有些头晕眼花的四海堂堂主这才发现,面前倚亭女子脸上覆着一块乌纱。

"奇怪,这大热天的,为啥还往脸上遮这物事?"

虽然心下奇怪,不过此时焦渴,也顾不得许多,小言躬身一揖,诚恳说道:"这位姑娘,请恕小可冒昧——"

刚说到这儿,女子忽地动了一下。

见有些动静,小言赶忙继续:"姑娘,我们这几个外乡人,口中正是焦渴,但人生地不熟,找不到饮水。不知你能不能告知一二?"

奇怪的是,他这番彬彬有礼的话说完,那个开始还有些动静的女子,现在却没了分毫声息。

小言心下诧异,不明所以。有心观察一下姑娘表情,但隔着那层黑纱,一时也看不清,他只好将刚才的恳求话又重复了一遍。只是,那女子依然沉默,似乎充耳不闻。

见此情形,琼容便提醒张堂主道:"哥哥,这姐姐是不是睡着了呀?"

"呃?对啊!琼容这话说得有理。"一听小丫头之言,小言茅塞顿开,心中想道:这女子定是来亭中休憩,现在睡着了,否则怎会对我的问话无动于衷?刚才那动静,估计是在打瞌睡。

正琢磨着,却见身旁小姑娘已走上前去,伸出小手将那女子面纱一把扯下,边扯还边说道:"哥哥,不信你看——"

"呀?!"不仅自信满满的小丫头一时语塞,连正对着女子的张堂主也吓

了一跳。原来,这个他们想象中必定睡着的女子,现在正咧嘴笑着,张大双目盯着自己!

乍睹此状的小言稍一愣怔,便清醒过来,赶忙不住口地跟女子道歉:"这位姐姐请见谅,我妹妹她不是故意的,不要怪她——"

却听这个二十出头的女子截住小言话头道:"相公说笑了,我谢她还来不及,又哪会怪她! 若不是小姑伸手,我又怎能……"

"相公?!"觉出这称呼古怪,小言立时愣在当场,稍待片刻后,才结结巴巴地说道:"咳咳,姑娘,你刚才叫我……相公?"

"是啊!"只听眼前初次谋面的女子快嘴说道,"不瞒夫君说,我家有个家规,哪个男子只要揭下奴家的面纱,就是我的夫君!"

"啊?!"小言满头大汗地叫道,"姑娘你先等一下!"

"请说!"

"是这样的,刚才揭你面纱之人,不是我,是这顽皮的小丫头!"说到最后,气急败坏的张堂主赶紧一把拉过琼容,放在身前给女子看。

"嘻! 好像又闯祸了!"被拿来当挡箭牌的琼容低下头去,似乎很不好意思。

听得道装少年这话,女子稍一思忖,便不慌不忙地说道:"其实,我也是刚想起来,爹爹说了,我夫君应该是揭下面纱后,第一个看到我的男人。就是你了! 相公,你就别再迟疑了。从现在起,奴家就是你的人了!"

小言呆了半晌,忽然如梦方醒般大叫道:"琼容,雪宜,咱快逃!"

话音未落,无比默契的三人已是拔腿绝尘而去,身后唯余几片焦枯草叶在地上打着旋儿!

"死人! 没想到这般腿快! 没办法,只好等下一位了,看能不能顺利嫁出去! 唉,真可惜啊,刚才这位,还是个不错的道士呢!"

三名落荒而逃的四海门人逃出去两三里地后，才停下来。

只见小言喘着粗气问道："追来没？"

琼容转头看看，飞快回答："没！"答完，又添一句："我跑第一哦！"

"谢天谢地！"小言庆幸不已。

一番纷乱后，过了没多久，惊魂甫定的小言便看到前面不远处，正有一个人烟密集的村落。

"太好了！可以讨口水喝了！"一见到人家，小言立即兴奋地舔了舔嘴唇，仿佛已尝到久违的清水滋味。

第二章
当场豪举，为看春妆流丽

头顶上的烈阳，正把小言晒得有气无力，只想早些找个阴凉地界歇下，顺道寻些水喝。

就在身后两个女孩絮絮叨叨说悄悄话时，小言忽然望见前面不远处，影影绰绰现出一处村落。他大喜过望，赶忙招呼一声，加快脚步朝那处村庄赶去。

走到近处，只见这处房舍稠密的村落，入村道路旁，长着两棵粗壮的柳树，树冠蓬蓬，枝丫延展甚广。不过，许是天气干旱，本应绿叶婆娑的低垂柳枝上，现在只零零落落挂着几片焦卷干枯的树叶。柳树下单薄的树荫中，卧着一只瘦狗，正伸出一条红舌，喘着气息。

"看样子，这地方干旱也不是一天两天了。"小言目睹这情状，不禁有些皱眉。

进村没多久，小言又看到道边有个男子正和一个年轻村妇争执。略一侧耳，便听那男子委屈的话顺风传来："大姐，冤枉啊！老天爷在上，您那面纱委实只是被旋风刮落，不关我事，我只不过恰好路过……"

过不多时，小言便寻得一户茅屋人家，跟屋中老汉讨水喝。

那老汉也算热情，当下便将三人请入屋内，又去灶间舀了三小碗水，端给小言他们解渴。

待一口气喝完，小言正要出言感谢时，却忽见老汉伸手说道："几位，盛惠三十文钱！"

"呃？"一听老汉这话，小言惊讶道，"我说老丈，您这又不是水铺茶寮，讨碗水喝也要收钱？"

见他惊讶，精瘦老汉也有些尴尬，他顿了顿，苦着脸跟小言他们解释了一番。

原来，他这村落名叫柳树庄，属涢阳地界。再往北去，隔了一座方池镇，便是涢水河，涢阳县城就在河那边。

本来，靠近涢水河，他们这块儿也算年年风调雨顺，虽然田地不多，解决温饱却是绰绰有余。但不知怎地，今年入春以来，本来烟雨绵绵的季节，却已经有一两个月没下雨，原本波翻浪涌的涢水河，竟也几近干涸。

说到此处，老汉拧着眉头，愁苦地说道："我们这地界，多陵丘，本来田亩就少。前番粮种播下去，干旱出不得苗。我们这村子，就靠这几十亩薄田刨食，不出苗，也没别的办法，只好咬咬牙，又挤出口粮当种子，重新播种。谁知，大半个月过去，还是一点雨都没有！所以实在让您见笑，喝水还收钱。不瞒几位说，刚才给您几位喝的水，都是我走了十几里地，从那口勉强有水的深井里打来的……"

听他说到这儿，小言不再多言，立马从袖中拿出三十文钱，一文不少地交给老汉。

见背剑的小言如此好说话，老汉接过铜钱后，不住地道谢。

见老汉也挺实在，小言便又随口问了几句："老丈能否告知，您这村落附近，怎么挖了那许多方坑？不知作何用处？还有，怎么有女子脸覆面纱，在

那儿……"

说到此处，小言欲言又止。只听老汉答道："那些方坑，其实本来都是池塘。俺们这方池镇，就是因这些四方水池而得名。只不过，现在天气干旱，这些方池都干涸了，唉！那些女孩呀……其实也不怪她们。我们这村人多，现在口粮少了，大多人家都快养不活全家人了，这些女孩便急着找个夫家嫁过去。唉，倒让外乡人见笑，不过她们也是没法子……"

"原来如此！"听得老汉之言，小言恍然大悟。

告别老汉，三人一路迤逦，继续朝北行走。大约过了十里，便来到所说的方池镇。

刚在方池镇街上走了没多久，一路摇晃的上清宫四海堂堂主，便听到前面不远处传来一阵喧哗吵闹。

走到近前，才发现那处宽广黄泥地上，靠着几株杨柳搭着一个方台，用大红粗布蒙着不高的台面，旁边还竖着一杆黄色的幡旗，上面用黑墨歪扭写着四个大字："比武招亲！"

"哈哈！惭愧！走了这么多时，终于让俺赶上这样的好热闹。"

正觉行程平淡的小言，见状大喜，赶紧拖着琼容二人急急挤进人群，跟旁边的人们一起围着擂台看热闹。

只见眼前这不高的台子，建得甚是粗糙，看样子就是拿些门板条凳搭起来的，然后在上面蒙些红布了事。

现在台上站着一男一女，男子是个中等身材的黄脸汉子，正在台上踱着方步，台中后侧则站着个妖妖娆娆的年轻女子。

一瞧台上这女子，小言便啧啧称奇。原来，台后侧女子身上穿着黄白相间的单薄裙衫。两截裙衫交接处，露出一抹白皙的肚皮，配合着女子风摆荷叶般动荡不定的身姿，真个是赏心悦目。更奇的是，在这女子婉丽的面容上，不知何故有一条深色黑布蒙住双眼，让人看不见她的目光。

这时忽见台上那个面色发黄、门牙阔大的中年汉子，抱拳说道："列位乡亲，今日还有没有人上来打擂？"

"我来！"话音刚落，便有个年轻子弟应声而起，跳上台去，朝擂台地上那个包袱里扔上一锭银子，然后便拉开架势，准备和那汉子争斗。

"为啥要给银子？"见年轻子弟交钱，小言不解，便转头向旁边那个一脸兴奋的看客询问。

听他问起，那看客头也不转，口中回道："这是规矩。每次上台打擂一两纹银。"

"这么贵！"

"贵？值啊！要是一擂中胜过四回，那小美人就要嫁给打擂者！再不济，也可赢得些银两，或者让那小美人取下遮眼的黑布条。"那看客随口回答，仍是目不转睛地盯着台上。

听这话说得离奇，小言立时愕然，正待再问，却见身旁所有人都只顾抻着脖子，一心一意看台上争斗，他便不再开口，同他们一道朝擂台上瞧。

只见台上二人，你来我往，拳推脚扫，正打得不亦乐乎。台下人众，此时竟是万众一心，全都攥拳呼叫，替那打擂年轻人鼓劲加油！

受了周围气氛感染，四海堂堂主的少年劲儿上来了，也随着大流在那儿大呼小叫。

只可惜，这气势惊人的鼓劲声，似乎没起到啥实际效果。没过一会儿，只听嘭一声响，那个打擂的年轻子弟已经被擂主一脚扫下台来。

"唉！"一声巨大的叹息，正从围观众人口中不约而同地发出。

见又胜了一场，中年汉子脸上也没什么得意之色，只是朝台下一抱拳，和蔼说道："承让，承让！今番王小哥拳脚功夫又有长进。哥哥这番胜过，倒

比前两日要吃力得多!"

笑了一笑,又朝台下扫视一周,大声说道:"各位,俗语有言,'拳不离手,曲不离口',看来那些读书人也不骗我们。你们没见,王小哥这几天竟是越打越厉害?说不定再来几次,就真成我妹夫了!"

闻听这话,台下顿时又是一阵激荡。

那位看打扮明显是富家公子的王小哥,听后也是振奋不已,在那儿伸胳膊踢腿,似乎只等身上疼痛略略消去,便要上台再行比过。

不用说,无须台上汉子再多招呼,立马又蹿上去一位。只不过,和刚才那位一样,过不多时,又是被一拳推下台来。

如此几番之后,便渐渐再无人急着上去了。毕竟,虽然那小娘生得妖娆,但她哥哥武艺实在高强。虽然每次胜负,似乎都只在一线之间,但最后落下台的,必定是那打擂者。看来,若是再仓促上去,也只是给人白送钱。一时间,原本哄闹无比的比武招亲台倒有些冷场。

就在此时,忽听一个声音响亮说道:"今日就让我来向这位高人领教一二。"

众人见有人出头,顿时大为振奋,又开始鼓噪,给刚跳上台的挑战之人鼓劲打气。

"咦?哥哥也要打擂吗?"看着台上之人,琼容一脸新奇。

原来,刚才急吼吼跳上台去的,不是旁人,正是上清宫四海堂堂主张小言。

只听"当啷"一声,一锭约莫一两重的银子,又掉进那个已经集了不少金银的包袱里。然后,便见小言一拱手,笑道:"这位英雄,请赐教。"

黄脸汉子忽见一个年轻道士上来,眼中倒现出些迟疑之色,只不过这抹异色转瞬即逝。看着眼前道士的少年模样,汉子心中重新安定:"嘿,不过是个小儿,也想来学人娶媳妇? 过会儿可别给我打哭了!"

心中转念,嘴上却道:"好好好,我们来比过。就看看您造化如何,能不能娶了我这妹妹?!"

这话一出,台下又是一阵鼓噪,所有人都鼓足了气力,给台上少年呐喊助威。看这架势,真可谓"同仇敌忾"!

听得汉子这话,小言咧嘴一笑,随口回道:"好说好说。"

他此时仿佛又回到了当年街头玩闹之际,正是用足了江湖口吻。

接下来两人便开始各递拳脚,乒乒乓乓打到一处。

两人就这样你来我往地斗着,台下众人也看不出什么出奇之处。只是,那个正与少年争斗的黄脸汉子,却是越斗越心惊,因为过了十来个回合,他发现眼前这清朗小道士,竟生得一身好气力,拳脚间又十分机灵,一时竟战他不下!

"要不就给他点甜头,让他赢一回银子,不使手段了?"拼斗之余,汉子心中思忖。

"不行!"刚冒出这想法,他便立即将之否决。因为不知怎的,现在这豪强汉子,潜意识中竟隐约升起一丝忧虑。一番转念之后,便只想赶紧将这小道士赶下台去。

打定主意,汉子眼中闪过一丝不易察觉的异色,在下一次与小言身形交错之时,手中暗运奇功,在小言眼前不留痕迹地一晃而过。

"晕也晕也!"错过身形后,黄脸汉子便在心中好整以暇地默念,只等眼前小言眩晕,然后再将他一脚踢下台去。

"哎呀!"果不其然,众人耳中立时听到一声惨呼!

"罢了! 这道士也不济,年纪太小了。"

正当众人遗憾时,却忽见留在台上的站立之人,转过身去,微微弯腰一躬，然后抬起头朗声言道："姑娘，请你去掉眼上布条！"

"啊？"台下看客闲人，这时才清醒过来，赶紧抹眼望去，却发现台上停留之人，正是刚才上台打擂的少年道士，那个正以手扶腰、狼狈不堪地爬上台去的汉子，却是摆擂之人！

"哗！"居然赢了！台下众人呼啸声再起，比先前更加狂热！

也难怪他们如此激动，要知道，小言可是三天以来第一个能闯过第一回合的！

就在众人鼓噪声中，妖娆女子依着诺言，轻抬玉手，缓缓摘下遮在眼前的黑布条。

俟那布条一落，台下原本响成一片的喧闹声，立时归于沉寂。此刻台下众人，只看见一双妖媚无比的玲珑眼眸，流转着浓浓的情意。灵动的眼神，立即把那张原本就如春花般娇艳的脸庞，衬托得如水样妖娆。

只见女子眼角含笑，口角亦含笑，对着眼前正看着自己的打擂之人说道："少年郎，看啥嘛？"

这短短六字，直说得万般软款温柔，女子口中那"啥"字的发音，说得与其后的"嘛"字相近，合起来软糯粘连，真个是说不尽的妩媚娇柔。

"果不其然。"看着眼前女子这可人模样，少年堂主脸上仍旧含笑，心中镇静地想到，"嗯，幸得出行前，聆听了清溟道长一番教诲，今日果然用上了。嗯，也幸好我平常没事时便极力去盯瞧小盈和雪宜，今日才得在此术之前，不至于骨软筋酥！"

正在心中思量，忽听得旁边那个刚爬上来的擂主，正咋咋呼呼地叫道："这位小道爷，果然好身手！不过刚才我'巨齿狼'可没使出真功夫，才不小心着了你的道儿！接下来，嘿嘿，我可要施展师门分筋错骨的绝技。到时候只要你稍一挨着，不死也残！你看你是拿了银子走人，还是——"

这虚言恫吓的话刚说到这儿,却忽听台下传来一个响亮的童稚女声:"那位大叔不要吓唬小孩子!我哥哥本事可大着呢!"说话之人,正是琼容。

夸了哥哥一句后,便见这兴奋的小姑娘在那儿上蹿下跳,不住给小言鼓劲加油:"哥哥啊,今天就把那姐姐娶回家!"

此言一出,台下人群顿时哄然大笑,然后便是铺天盖地的喝彩附和声!

在这叫好声中,更有急不可耐者,往可爱非凡的琼容手中塞上一锭大银,拍着胸脯保证,让她不必担心她哥哥今日打擂的花费。

见得了众人支持,小丫头不免得意,捏起小拳头不住朝台上挥舞,喊道:"堂主哥哥,一定要把所有厉害功夫都使出来!"

正当琼容身旁的寇雪宜手足无措时,却见台上的小言回头朝台下一笑,说道:"妹妹啊,谁说我要娶她?今日我来打擂,不过是试试能不能赢光地上所有的金银!"

此言一出,台下众人尽皆愕然。

第三章

目迷情魔，谁识冰心玉壶

一听小言之言，那对男女顿时神色大变。

只听那汉子言道："朋友，你若只想赢钱，不想要人，为何刚才要交一两银子？"

"嗯？你这话是啥意思？"

"难道你不知我这擂台的规矩？若只为金银彩头，每次只须交五百文钱！"

"是这样啊？"一听此言，小言当即大喜，脱口说道，"你不早说，害我多交半两！"

说着，就要拔脚往前面地上那只金银包袱奔去。只不过，身形才一动，便又停住，呵呵一笑道："罢了，也不急在一时。反正再过三回合，这包袱里的银两就要全都归我了！"

"你！"见他这泰然若定的模样，原本气势汹汹的黄脸汉子，倒一时有些不知所措，只愣怔在那儿说不出话来。

小言这番话传到台下围观人群中，顿时又引起一片哗然。

除了琼容、雪宜外，那些看客全都怀疑这少年是不是神志有些不清，面对如此娇滴滴的美娇娥,居然只贪图地上那堆金银!

要知道,这些手有余钱之人,大多数已跟着这对招亲男女,穿街过镇跑了好几天,直到今天来到方池镇。半个多月里,可从没见过有人只交五百文钱打擂的!

话说这些打擂好汉,大都有些身家,虽然平时大多吝啬,此刻却都视金钱为粪土。那个刚跟琼容拍胸脯,要包下小言一切打擂费用的富家子,听了台上这番对答,立时急红了眼,在那儿扯着脖子直嚷嚷,说:"台上这位武力高强的小神仙,不用操心打擂彩头的事!"

且不说台下纷嚷,再说小言,对台下众人的呼声充耳不闻,只在那儿静心凝神,重新拉开架势,准备和擂主汉子二次开斗。

就在此时,却忽见台上侧边那位小娘子拧着腰肢,转到小言面前,轻启朱唇,软软说道:"哟!这位小哥哥,难道一点都看不上奴家吗?"

悱恻婉腻却又大胆直接的话立时顺风飞到台下众人耳中,让人一时只觉得其中蕴涵着无限的娇羞哀怨,顿时浑身不由自主地蹿起一股熊熊火焰,恨不得把满天的日月星辰都许给说话之人!

却听小言平静说道:"呵,大姐姐,我一心只修清静无上道,偶尔挣些裁衣买酒钱,仅此而已。"

见小言竟然神色如常,女子眼中立时闪过几分警惕不安之色。稍一愣神,娇媚女子眼珠滴溜溜一转,便往台下团团一扫,然后掩口吃吃笑道:"嘻,小哥儿却不老实,身边明明摆着两个美人,却说什么只修清静无上道!"

原来,女子眼光正扫到台下一身道童打扮的琼容、雪宜,便以此取笑小言。

此番出来,琼容和雪宜,都只作道童打扮,一身青衣小帽,尽量不惹人注目。现在她们两人,头上的灰色巾帽拢起了如云青丝,略显宽大的袍服掩去了玲珑体态,若非留意去看,很难发觉这两个质朴装扮的出家道童,竟是两个旷世佳人。只不过,尽力隐讳姿容的打扮,又如何逃得过眼前女子的眼光,她只轻轻一瞥,便立时看穿二人本来容貌。

听女子这么轻佻一说,小言心中暗暗忖道:"这女子果然不简单。"口中却随意回道:"姐姐休要在这里打趣,反正我今天铁了心,就想试试能不能赢下今后两年的盘缠!"

听得年未弱冠的少年这愣头青般的话,这对男女立时神色大变。须知地上这许多金锭银两,都是他们这些天串村过寨收敛而来,费得这番辛苦,又如何能让他人轻易坐收渔翁之利?!

听完小言之言后,几乎没啥迟疑,这对非常默契的男女,目光只稍稍一碰,便立知各自心意。

当即,那汉子微微点头,稍微往旁边一让,然后便见姣丽女子抬手整了整衣裳,莲步轻挪,走到小言侧前,便是一声轻柔的呼唤:"小哥儿,你再看看,小女子真的不美吗?"

"好啊。"听得这妖腻声音,小言不动声色,顺口答应一声,便抬眼朝她望去。只不过,在这一瞬间,他却悄悄运起了旭耀煊华诀,在自己衣表罩上一层淡淡光膜。这时施展出来的光膜,已是光华内蕴,在阳光下并不易被察觉。

胆大心细的小言暗中做好万全准备后,笑嘻嘻地抬眼朝前望去。谁料,当目光落到女子脸上,对上她那双宛若秋水的双眸时,小言这才突然发现,自己的目光已深深陷进去,那里似有某种奇异魔力,无论自己如何努力挪移,却再也不能将目光收回……

只一瞬间,他便觉得那个扭身而立的女子,姿势变得无比妩媚妖娆,似乎在她站立的那个红布台上,正生成一个巨大的旋涡。

这旋涡越旋越大,越转越快,自己整个身心眼光,全都朝旋涡中心而去。

在巨大的牵引之下,此刻他眼前整个天地之中,仿佛只剩下前方那个闪耀着万种风情的旋涡……

"咦?怎么她们都在那儿?"眼光渐已迷离的小言,忽然看见在自己目光尽头,那个含笑侧立的女孩,竟似乎渐渐糅合成一个奇异的姿容:有小盈的月靥仙颜,有灵漪儿的娇娜灵逸,有雪宜的冰清玉洁……甚至,还有琼容的娇憨可爱!

一时间,小言只觉得天地间所有的美好感觉,都在这一刹那交融汇聚,如波涛浪潮般朝自己奔涌而来。自己面对这即将灭顶的浪涛,只感到万般幸福甜蜜……

就在迷蒙的小言即将筋酥腿软地瘫倒在地之时,却突然听到从自己心灵深处猛然传来一声不满的喝叫:"哼!"

这一声喝斥,如罗浮山中凝重幽远的晨钟暮鼓,击得这如被梦魇的小言猛然醒转!那个正准备趁此良机偷偷上前将小言一脚扫落的汉子,也突然被一阵宛若龙啸的清鸣瞬间惊住,原来小言背上的剑匣中,正振荡着一迭声摧人心魄的剑鸣!

"惭愧!差点着了道儿!"已恢复清醒的四海堂堂主,觉得自己全身都似刚刚酣睡过一场,说不出的慵懒无力。

只不过,只待小言稍一清醒,身上那层仍在运转的光膜,立即便令他恢复了全身的气力。毕竟,吞过两只妖魂,再经过这几个月的勤练,小言无论是道力还是法术,都与当初有天壤之别。现在他这一身上清宫的大光明盾,早已华光内敛,淡然如水。

小言暗自恢复气力,那个施展魅惑之术的女子,却惊得花容失色,脸色一片苍白。

也难怪女子如此惊恐,要知道她这魅术,已不是简单的狐媚之法,而是她族中的镇族之术:情魇。

这情魇就像面镜子,能让受术之人看到他心底里最美好的人物。这样一来,无论施术人资质如何,总能将敌手给深深惑住。事实上,此女自练成这招绝技以来,就从来没失手过,没承想,今天却坏在被他们视为捣乱的小言身上!

与一时还转不过弯儿来的狐女不同,精壮汉子被小言身后那一连串剑鸣镇住,只一刹那间,这个表面和善内则凶悍的擂主"巨齿狼"便心惊肉跳,腿酥脚麻,似乎如中情魇一般瘫倒在地!

幸好小言清醒后稍一愣神,便发觉自己背上那把封神正在清越鸣啸,立时暗叫不妙,赶紧生念让那吓人的剑鸣止住。

听得振匣中鸣声应念戛然而止,小言这才松了一口气,只不过心中有些犯迷糊:"刚才倒幸好有那声喝斥……只是真搞不明白,这瑶光剑灵到底啥时候才肯帮我? 咋都没个准?"

正琢磨着,忽听旁边慢慢起身的汉子高声喝道:"小子,别在那儿强装幌子。俺'巨齿狼',浪荡江湖多年,手底下的亡魂没有百来个也有七八十个,你难道真个不怕?!"

"呼!"一听汉子这气势逼人的高喊,小言心中倒大松一口气,"还好还好,他们没被吓跑。"

汉子的虚言恫吓,又如何能吓得住见过不知多少大场面的四海堂堂主? 小言嘻嘻一笑,看似不知天高地厚地轻浮说道:"啥巨齿狼? 没听说过。就是金毛虎来了我也不怕!"

说完这句实话,暗运太华道力的小言想了想,又添了一句,变着法儿激将道:"狼兄啊,该不是你怕了吧? 你到底还比不比啊?!"

汉子沉默片刻后道："不比。"

"啥?!"刚一愣怔,时刻准备战斗的四海堂堂主,只见一阵狂风平地刮起,霎时眼前便被带起一片云雾般的沙尘!

就这一分神,等小言抹去迷眼的烟尘后再去看时,却发现先前的汉子早已人影全无;赶紧再回头,不出所料,妖媚女子还有那只要紧的包袱,也同样踪迹杳然。

"晦气! 果然是妖怪,却让他们携款逃跑了!"

接下来事情的发展,却让一腔正气只想匡扶正义的小言大感意外。

他走到台前,才说得几句,却已被台下人群一阵埋汰:"坏事的小道士,居然把美人儿给气跑了!"

"天底下的道士,是不是一个个都想捉妖想疯了?"

"什么妖怪啊,人家只是长得妖媚些而已,真是难得啊难得!"

更有甚者,只听人群中有人大叫:"妖怪妖怪,就你这小道士明白! 我早就知道她是! 哇哇,可怜我美丽可爱的狐女啊! 不知道被你这臭道士一吓,在我有生之年还能不能再见到她!"

一腔侠意的小言竟被神憎鬼厌,千人所指。就连带着琼容、雪宜灰头土脸离开时,背后还隐约传来痛心疾首的呼号:"天哪! 我刚看见多年前初恋女子的模样,就被这小道士搅没啦!"

……下山后第一次降妖就告失败的张堂主,直到快步走出镇子有三四里地,看见并没有愤怒的人群追来,这才定下神来,开始不慌不忙地走路。

一日之中,在张堂主率领下,他们三人已经奔逃了两次,想起来就觉着无比晦气。

三人朝前走,小言免不了暗叫倒霉,心道自己行侠仗义不成,反倒赔进去一两白花花的银子,更落下一身五花八门的骂名,真成了"偷鸡不成蚀把

米"的典型！

不过，小言懊恼之余，却也觉得好生奇怪。刚才摆摊的那对男女，在天气大旱、物价飞涨之时哄骗钱财，固然十分可恶，但反过来一想，既然他俩有如此手段，又能来去自如，为何不直接穿堂入室攫金取银？岂不更加便当？干吗还要这般费心费力，搭摆台骗人钱财？他二人这般作为，倒不似两个得道妖灵，反而更像是俩走街串巷走江湖的骗子术士。

心中冒出这个疑惑，张堂主便绞尽脑汁想了好一阵，却觉得无论怎么解释，都说不太通。正心下烦惑之时，忽听得身旁琼容迷惑不解地问道："堂主哥哥，刚才那会儿，为什么大家都不作声，只张大了嘴巴？"

被小姑娘这么一问，她的堂主哥哥忽然觉着有些汗颜，略顿了一下，才有些尴尬地回答道："刚才大家不出声，都是因为那个大姐姐。"

"嗯！琼容也有感觉到。那个大姐姐是用了什么法子吗？"

"她用的那叫媚惑之术。这媚惑术一施展开，可以让男子无论老少，全都迈不开步，走不动路……连我这上清绝技旭耀煊华诀，都抵挡不住！"

"哇！这么厉害呀！"

"是啊，这可是女狐狸精们拿手的绝技！"

"真的?！……可琼容为什么偏偏就不会呢？"

小言再度无言。

原来他这小妹妹，潜意识里还把自己当作小狐狸。毕竟她最信任的小言哥哥，对她奇特的本体也说不出个所以然，因而从来就没能从根子上，真正改变小丫头对自己身份的看法。

又走出几里地，刚才一阵快跑的小言不觉又有些口渴起来。望着路边蔫巴巴的枯叶，不由怀念起先前十文一小碗的清水来。

就在此时，看见琼容在身旁蹦蹦跳跳，小言似乎猛然想到什么，一拍脑袋说道:"呀! 真笨啊! 怎么就没想到琼容能变出清水来!"

从来没将法术往这方面联想的小言立时茅塞顿开,赶紧催小丫头变出点清水,帮雪宜去些暑气,也给他解下渴。

听得哥哥请求,琼容想也不想,清脆答应一声,便开始一本正经地作起法来。只见她嘻嘻一笑,一眨眼,忽地便有一小片水幕,哗一声落到了雪宜脸上,立时把雪宜淋得如雨后梨花一样,淡雅的娇容顿时清润了许多。

见小丫头作法成功,已经喉咙生烟的四海堂堂主立即欢呼一声,催促小琼容往他嘴里浇些甘露。

不幸的是,接下来无论琼容如何挤眉弄眼,却再也降不下一丁点儿水来!

"不是吧? 这么巧?!"久候甘霖不至的小言,发出无比凄凉的哀叫。看来,似乎是琼容这法术实在太灵,一下子就把附近的水汽全都用光了。

在泛着白光的驿道上又走出十多里路,小言三人看到一条阔大的河床,正东西横亘在面前。

嗯,这应该就是源自百里之外大庾岭的浈水河吧?

过了这条河,便离浈阳不远了……

第四章
闲云驻影,入桃源而问津

　　途中寂寞,小言便和琼容有一搭没一搭地谈笑,偶尔也和讷于言辞的清雅女孩雪宜聊几句。没过多久,他们三人便来到了那条横亘东西的浈水河面前。

　　浈水河是岭南有名的大河川。今日走到近前一观,这浈水河果然气势不凡:河床两岸间有三四里之遥,向对面凝目望去,饶是小言眼力再好,对岸的景物落在眼中,也只是蔼蔼渺渺,最多只能看到对岸河滩的大致轮廓。

　　只不过,浈水河河床虽然宽阔,但现在河中水面却远没那么广大。因为天旱的缘故,河水只及平时的一半宽,水面离高岸甚远。从岸边到水边,露出一大片干涸的河床,上面布满了龟裂的纹路。这片已被骄阳晒得凝成干土的淤泥中,还零星倒插着些死去多时的贝壳和枯焦的鱼干。

　　小言三人所走的驿路尽头,正是一个浈水河上的石砌渡口。只不过,此时真正渡船载客的地点,离渡口已有百步之遥。

　　赶到渡口,小言倒没着急去等候渡船,而是在干结的河滩上又转悠了一会儿。因为此时阔大的祖露河床上,人头攒动,热闹非凡,远远看去,倒像个集市一样。

这些人中，不少人是来取水的。

俗话说"大河少水小河干"，正如小言之前一路看过的村镇，池塘中大多干涸，左近居民，差不多都要到浈水河来取水。现在这些取水男女，正从浈水河中将水辛苦地汲到木桶里，然后或挑或提，运回数里之外的家中。在这些络绎不绝的取水百姓中，也活跃着不少半大的小伢子，拎着小水桶替大人分忧。

除了这些取水的，剩下的便大多是祈雨的民众。不少老人，正在河床上燃起香烛，供上食馔，朝河面方向虔诚地拜伏祈祝。小言从他们身后走过时，听到他们都在求龙王开恩降雨。那些年轻些的男女，则身着鲜艳服饰，十几二十人围成一圈，敲锣打鼓，驱鬼念咒，跳着岭南人常见的雩舞，正是用来驱除旱魃。

越过他们，小言又看到，在堤岸边还围着一圈黑压压的人群，尽皆跪倒在地，对着中心那棵大树上的几张画像不住地祈祷。

从人群外极目向中间看去，发现那些挂像上大多画着个面目模糊的女子，一身红衣，倚在红色枯树边，似火的长发缠绕在树梢上。在女子头顶上，还乱飞着几只红色的鸟雀。对于这些满眼红艳的挂像，熟读诸子典籍的小言并不陌生，画像之中人物代表的正是所到之处地如火烧的旱魃。

站在人圈之后，小言听得明白，这些善男信女正在那儿许下无数供品，恳求旱魃大神发发善心，早些整装启程，尽快回归洞府，或者早日去别处神游。

河滩上或驱或求、对旱魃态度截然相反的两方，居然能在同一片河滩上并行不悖、相安无事，倒让四海堂堂主张小言暗自称奇，心中想道："眼下这算不算是'威逼利诱'？"

耳中听着这些诚心诚意的祈祷恳求，小言心中倒是大不以为然。

若是自己读过的典籍记载无误，再按自己一路看来的，这浈阳大旱，实在不太像是旱魃所为。要知旱魃乃上古大神，不出则已，一出便是赤地千里，哪会像现在这样，只是令方圆百里之内缺些水源。

"也许，眼前这旱情，并没什么出奇处。"心中这么想着，小言不免又觉得口中干渴起来，便赶紧拉着琼容和雪宜，到波纹细细的浈水河掬水解渴。

一番痛饮之后，三人便找了个渡船渡过河去。因干旱的缘故，浈阳境内物价大涨，这趟普通渡河整整花了张堂主六十文钱。

过了浈水河，刚行了一二里地，被天上烈日一照，小言竟又觉得浑身燥热难耐起来，便延请琼容小法师再度施法，在他与雪宜二人头上好好淋上一番。按小言的想法，现在这处离浈水甚近，水汽甚多，小姑娘作法应该很容易才是。谁料，真是人算不如天算，这次琼容刚在她雪宜姐姐脸上浇过一回，轮到她这个堂主哥哥时，竟又是滴水也无！

小言大叫倒霉之余，心下不免生出些奇怪的感觉来。

就在这次琼容施法之后没多久，他们三人便望见了浈阳县城的轮廓。

看着巍巍耸立的高大城墙，还有环城而绕的宽阔护城河，便知浈阳乃岭南大县。

从吊桥上走过几近干涸的护城壕沟，刚过了城门洞，小言便看到城墙根惯贴官府公文处，正围着些闲人，仰着脖子观看墙上的告示。那告示旁边还站着两个把守官兵，似是颇为郑重。

见到这一情景，小言好奇心立被勾起，便带着琼容二人挤到近前观看。

来到近处看得分明，城墙上贴着不少白纸告示，大多是悬赏捉拿盗匪，又或豪家出金寻找逃失奴仆之类。不过，在那两名官兵站立处，却并排贴着两张黄纸写就的告示。

小言大略浏览了一下，发现右首那张正是浈阳衙署的公告，县令具名重

金礼聘能求雨的法师术士。

旁边那个却是张私人告示,言自家宅中不幸有妖异作怪,愿出二百金聘请法力高强的术士,上门驱邪降怪。捉妖告示落款,正是浈阳北大街竹桥尾的彭府。

本来,这两张告示倒也没什么值得大惊小怪的。只是,那张私人告示上,在礼金之后又加了一条:若净宅事成,且又为浈阳合县百姓求得甘霖,便愿将家中小女许配给他。

正看着,却听旁边有一围观之人说道:"早就听说彭府小姐不仅姿容出众,还做得一手好女红,是我浈阳首屈一指的大家闺秀!"

"何止如此!"又听近旁一文士摇扇凑趣道,"学生又听得,咱彭县爷家小姐,蕙质兰心,琴棋书画样样精通,真是古往今来少见的才女!"

"啧啧,早知今日有这文告,我卢早就去寻个道观学法术去了,还读甚圣贤书?"随着这声真心诚意的哀叹,小言听得身旁响起一片叹息声。

忽又有人插话道:"依我说,你又何必去道观学法?小弟听说那寺庙中和尚法力也好生了得!"

这闲扯话一出,立即引得附近一片嗤笑声。只听有人粗声大嗓地反驳道:"谁不知县令张榜求雨,前几天来了俩光头和尚,我得了消息,便也去凑热闹看有甚大场面,谁知他们就只会摆弄些盆景,还在那儿唠唠叨叨地念经,折腾了一上午,最后还不是一滴雨都没见着?"

话音未落,旁边又有人跳出来扯皮:"我说周屠夫,那可不叫盆景吧?瓷瓶儿里摆柳枝,那叫插花……"

在这一片纷乱中,忽听有人哈哈一笑,宣了声"无量天尊",然后朗声说道:"造化造化!早就卜卦说今天出行利东南。今日看此榜,正是贫道我缘分到了啊!"

话音方落，众人便见一道髻高绾的中年道士，分开人群大步向前，伸手就要揭下那两张招贤告示。

就在此时，却忽见那两个守卫士兵，长枪一落，阻止中年道士，叫道："这位道爷，我家县爷这榜，可不是让您揭的。"

"嗯?！"

"您老还不知？在您之前，已有十数位道长去县衙报到过了。"

"报到？"

听得此言，气势正旺的道爷微一错愕，便有些生气地说道："这是何意？难道你们还不信本道长法术?！"

见他有些怒容，那看守兵丁赶紧赔笑，温言说道："道爷法力，咱这些小兵丁自然不敢怀疑。不过，之前咱县衙里来了不少只晓混赖的江湖术士，个个求雨不成，倒费了县老爷许多功夫口舌。因此现在相公有令，凡来看榜投名者，一律先到衙署官驿报到，只等城里被烧损的龙王庙修葺完工之后，便统一开坛，按先来后到的顺序请各位神仙登台求雨。"

"龙王庙完工？那要到什么时候!"

"道长您别急。您还算走运，听说龙王庙剩下三四日便可收工。"

"这位道爷，这可是县令大老爷的命令，咱也是奉命行事，您可千万别生气!"

现在这些官兵，也不知道哪位真是救苦救难的活神仙，因此全都不敢怠慢，言语间着实客气。

听得官兵这么说，中年道人立即便消了气，又一回想刚才官兵的话语，便不敢怠慢，赶紧拨开人群向衙署飞奔而去。

再说一直在旁边侧耳闲听的四海堂堂主，听了刚才这番对答，倒被勾起不少兴趣来。

本来，今日不久前那次失败的降妖后，小言暗地里已检讨过好几回，疑惑自己是不是真如那些看客所言，确有些多管闲事。不过，再仔细读了读这两份并排的告示，他心中却有了些另外的计较："按一路看来的情形，这浈阳旱得确有些古怪。说不定，还真是有妖灵作怪。"

一想到这儿，便自然又往自己此行的任务上联想去："虽然这回掌门着我出来是寻水精，似与这天旱没甚关系。只不过，这世间事相辅相成外还有相反相成，阴阳两极也是相伴相生。眼前浈阳这事，未必就一定和水属精灵完全没有关系。"

心中这么琢磨着，小言的脸色不免凝重起来，又朝面前两张告示仔细看了一回，这才回头招呼一声，带着两个女孩出了人群。

"既然彭府是县令家宅，求雨又在三四日之后，我便先去拜访彭府吧。"

正在心中筹算的小言不知道的是，就在不远处的街边拐角，正有一大一小两个姑娘，一直在朝看榜处仔细打量。那名年纪稍长、十八九岁的女子，一见小言专注的目光最后直勾勾停留在彭府驱妖告示最末处好一阵子，便不由心中生气，重重"哼"了一声。

不过，小言不知这番情由，正和琼容、雪宜两个随行道童，兴冲冲地往城里赶。

"北大街竹桥尾……"正在小言口中默念彭府地址时，忽地斜刺里冒出个小姑娘，挡在他们三人面前。

一心向前的小言，猝不及防下差点撞上这个冒失的小丫头。好不容易稳住脚步，抬头一看，只见眼前拦路的姑娘约十四五岁，一身丫鬟打扮，面容秀气，两眼明澄，显是十分机灵。

见小丫鬟站在面前只管瞧着自己，小言倒有些莫名其妙，便出言问道："这位小姐姐为何挡住去路？"

见他说话，小丫鬟眼珠转了转，笑盈盈道："没看出来小道长嘴倒挺甜。看在这份儿上，我就帮你个忙，告诉你彭府如何走吧。"

"咦？"小言闻言，倒是一怔，心说这丫头倒是耳灵，竟听得自己刚才极小声的嘀咕，不过见她是好意，便赶紧一揖，含笑言道，"那就谢过姑娘，小道洗耳恭听。"

"嗯！小道长你从这儿往前走，在第一个路口往右拐，然后见着路口再往左拐，然后每见着路口就朝右拐，连拐三次，然后再左拐，再右拐，再左拐，再右拐，再右拐，再左拐，拐得没几次，最后就到了！"小丫鬟这一通话，越说越快，到最后简直就如竹筒倒豆子，一番抑扬顿挫下来直如绕口令。

饶是小姑娘说得如此之快，小言却也是一遍就记住了。当即一揖，再次谢过这个好心人，重新燃起满腔斩妖除魔之意的张堂主，带着琼容、雪宜，照小丫鬟所说的寻彭府去了。

小言几人走后，却见指路的小丫鬟飞快跑回街角那个妙龄女子身旁，嘻笑着邀功："小姐！杏儿又把那些讨厌的道士打发掉了！"

"嗯！小杏儿现在是越来越机灵啦。"夸了一句，一身大家打扮的小姐，又随口问了一句，"你把他们指向哪儿啦？"

"嘻，润兰小姐，杏儿刚才乱说一气，也不知道他们是要走到城外荒郊野地里，还是会走进哪个死胡同！"

"你这机灵鬼！不过也合该这些贪财贪色的无良道士倒霉。"

听得丫鬟之言，这个名叫润兰的女子愁容尽去，笑骂一声，忍不住伸手在黠婢脸上刮了一下，开怀道："暂时也没啥道士来。走，咱们算卦去！"

两人走过两条街，在一处号称鬼谷神算的卦摊前停下。

交过卦银，姿容婉丽的贵家小姐便手捧卦筒，闭上双目，诚心诚意地摇晃起来。不多时，便有一签从竹筒中飞出，掉落脚边。

杏儿见状,赶紧将这支签捡起,递给摊主,然后便和已经睁开双眸的小姐,一起紧张地听这卦卜算的结果。

拿到卦签,那摊主眯眼问道:"小姐是求什么?"

"姻缘!"慧黠的丫鬟抢先替小姐回答。

见她多嘴,润兰小姐只是微微白了她一眼,却不责怪,只含羞朝算卦老者看去,心情紧张地等着听他的回答。

却见算卦的老者微微一叹,说道:"卦师不讳人恶,不瞒小姐说,你这卦是第六签——"

"如何?"听他这般说,润兰心中已凉了半截,却仍忍不住脱口相问。

只听卦师回道:"乃下下签。卦经名此签为'鸳鸯分飞':'鸳鸯阻隔两分飞,谋望求合未得时。守旧却宜休改革,如今进退却迟疑。'"

一听卦言,熟谙诗书的小姐便已呆若木鸡!

她正愣怔间,身旁心疼自家小姐的蛮丫鬟,立时柳眉倒竖,叉腰娇声叱道:"你这算卦的纯粹骗人,小姐这卦一点儿都不灵!"

正待再说上几句,润兰小姐在旁边拉了拉她的衣袖,哀声说道:"杏儿,别说了。老先生这卦很灵。"

"不行啊小姐,"见小姐这副失魂落魄的模样,杏儿忍不住说道,"一卦不灵,那就再算一次!"说着,她从自己的袖子里摸出一锭银子,拍在卦摊老者面前。

看着摊前小丫鬟心急火燎地又将卦筒塞到小姐手中,算卦老者不动声色,心平气和地说道:"也好,再算一卦说不定会有些起色。"

"那是自然!"杏儿斩钉截铁地回答,然后便催促小姐快摇。

见她如此尽心,润兰小姐无法拒绝,只好勉强又摇了几摇。

须臾,只听"啪嗒"一声,又是一支竹签跌落。杏儿见状,赶紧捡起递给摊主,然后急切道:"老先生这卦如何?"

却见老者一看卦签,蓦然神色大变,奇道:"怪哉！怎么这次竟是上上签!"

"哼!"听老者这话别扭,杏儿很是生气。

只不过刚一转念,忽记起老者刚才所言,立即便拍手欢叫道:"上上签?!那就快给我家小姐好好解来!"

见她催促,卦师却仍是慢条斯理地说道:"此卦大吉,名为'否极泰来'。卦经解道:'有缘造物自安排,休叹无缘事不谐。此际好听琴瑟韵,莫教夜雨滴空檐。'"

一听这话,原本愁肠百结、神情恹恹的润兰小姐,此刻也忍不住和小丫鬟一起雀跃起来。

只是,与她二人形成鲜明对比的是,那算卦老者现在却苦着脸,喃喃说道:"这真没道理,我郑一卦向来是一卦就灵,怎么今日却……"

那两个正自欢欣雀跃的主仆,很是奇怪地听到摊主热切说道:"这位小姐,今日我郑一卦再免费送您一卦,看看到底是怎么回事！

"小姐快走,别理这怪人!"生怕节外生枝的小丫鬟赶紧连声催促,润兰小姐却不理丫鬟好心,静下心来说道:"也好,谢过老先生。我也以为再算一卦才算安妥。"

"嗯,就这一卦了,看看到底天意如何。"

于是,润兰小姐便第三次摇得一卦。

只听解卦老者又是好生不解地说道:"怪哉！还是大吉:'前世因缘会今生,莫为资财起爱憎。若有贵人提拔处,好攀月桂上云端。'"

"哼！本来小姐姻缘便会美满!"小丫鬟杏儿,越看老头越不顺眼,一把拉过正准备付钱的小姐,头也不回地扬长而去。身后,只留得号称鬼谷神算的摊主在那儿哀叹："怪事怪事,我郑一卦竟也有不灵的时候! 看来,若再不勤修,我'正一卦'的名号,就要被人改成'得三卦'了。"

润兰主仆二人心情愉悦,如轻盈的穿柳莺燕,一路说笑着回到离卦摊只隔两条街的本府。

几乎在到家的同时,她们却见一个少年道士带着两个女道童,正巧来到府门前。

抬头望着大门上方书着"彭府"的匾额,少年抹着额前汗水喘气道:"呼!那个小姐姐指路果然不差,虽然转了不少弯儿,但总算还是到了。嗯,真是出门要靠贵人助,如此复杂的路途,若不经好心人指点,实在很难找到!"

听得哥哥感恩,琼容也连声附和道:"是啊是啊! 我看那个大姐姐,也真是很好心呢!"

润兰、杏儿主仆二人在不远处看着感恩戴德的三人,却是目瞪口呆,张大嘴巴一时说不出话来!

良久,润兰小姐才清醒过来,问道:"杏儿,你真的没指对路?"

"我……"被小姐一问,小丫鬟倒有些语塞,愣了一下,她才带着些哭腔说道,"小姐你要相信我,我……我真的只是胡指的!"

第五章
雾锁妆池，春关未许鱼窥

得了好心人指点，小言带着琼容、雪宜绕过无数街巷，终于来到招纳净宅术士的彭县爷府上。

彭府看门人应该是得了主人吩咐，一听小言说明来意，便不等通报，直接就将他们迎进府内。

绕过高大的影壁，沿着青砖铺就的甬道没走多远，略一拐弯，小言三人便被带进彭府用来会客的西厢客厅中。

进屋落座，自有丫鬟沏好香茶给三人奉上，又有女婢出门向后堂禀报。

就在热茶刚凉、勉强能入口之时，小言便听得一阵环佩叮当声由远及近。不多时，便见一位雍容富态的中年妇人，步履从容地走进屋内。

接下来的主客相见，让小言觉得仿佛又回到了上次在揭阳县，初见郡都尉鲍楚雄时的情景。

有了上次的教训，这回琼容事先得了堂主哥哥的叮嘱，不再东张西望，而是眼观鼻、鼻观心地老老实实待在哥哥身旁。

本来，有了今日打醮失败的教训，小言已打定主意，这次来彭府查探灵怪，绝不预先亮出自己上清师门的名号。只不过，见了县令夫人满含怀疑的目光,他好几次都几乎忍不住要说出自己的来历,声明自己并非江湖骗子。只可惜,在他忍不住就要开口之时,县令夫人已着人带他们去厢房安歇,说待傍晚相公回来后再与他们接洽。于是,无法剖白的小言只好跟着府中丫鬟,来到西厢房客舍中住下。

虽然受了些冷落,但对于小言来说,比这更轻视的冷眼都已看惯,这点小小的挫折,实在算不得什么。看着房中洁净的摆设,小言倒有些欣欣然:"哈! 不错不错,倒省下今夜的房费和饭食钱!"

两个女孩放下各自包裹后,从隔壁厢房出来,一齐来到小言屋中闲聊。三人说了会儿闲话,见屋外日影还短,便在张堂主号令下,开始一齐闭目凝神……

"琼容,你还在吗?"按着往常惯例,张堂主静坐一段时间后,睁眼第一件事,便是看琼容还在不在原处。

"果然!"小言心中一声感叹,"不知这好动的小丫头,这回又跑到哪儿去了。"

转头见雪宜还在旁边专心静坐,宛如一座粉玉雕像,小言便没惊动她,蹑手蹑脚地走出厢房。

"这小丫头会跑到哪儿去呢?"心知琼容玩耍处多不按常理,小言便只管沿着府内纵横交错的道路,开始胡乱寻找起来。沿路碰到的那些丫鬟家丁,估计这些天来已经见多了道士,看见他也丝毫不以为意。

走了一阵,小言才发现彭府甚是广大,房舍连绵,花木繁盛,一时走不到尽头。

正行走间,看到道旁浓茂的花树,小言倒是心中一动:"怪事,浈阳街道两旁的草木,大都蔫枯,怎地这彭府内的花草却如此茂盛,似是丝毫不受旱天影响。难不成彭府中的怪异,还真与什么水灵精怪有关?"

觉得这异处，小言再行走时，便对周遭的景物更加留意起来。

又走了一程，也不知越过几座房舍，小言忽听得一阵潺潺水声正从甬道东侧一道月亮门外传来。

一听到水声，小言便立即循声而去。穿过月形门洞，他才发现这道不起眼的圆门内，竟是别有洞天：入了青瓦粉垣，眼前便是卵石铺就的淡白小径，在翠碧的草木间曲折蜿蜒。竹影婆娑的院子中间，玲珑假山下喷涌着清亮的泉水，水花跳荡，汩汩不歇。流泉成溪，由木石水道引至北轩前，注入半亩圆塘中；然后又开小渠，将溢出的泉水回环散入四处草木花丛中。

远远望去，这一池春水，映着天光，似面锃亮的铜镜。池塘旁种着两三株桃树杏树，花枝交错，偶有微风一过，红白花片便在斜阳中悠悠飘落，零落沉浮于一泓春水之中。

望着眼前匠心独运的落花庭院、流水楼台，小言一时不禁游兴大发，便随着曲曲折折的花径，朝那片池塘迤逦行去。

到了塘边，展目朝对面楼台望去，只见下临池水的朱栏上，用淡粉嵌着几个娟柔的字：照妆栏。

见着这几个字，小言暗暗叫好，心道这三字真有点睛之妙。

被这题字勾起兴趣，小言又绕着池塘往前走了走，见着眼前二层小楼的柱子上也刻着一副对联，写的是：

只将春意思；
自与梦商量。

淡绿的颜料颜色犹新，应是才刻上去不久。

"不错不错，有趣有趣！"爱好诗文的张堂主口中一边喃喃品着楹联，一边抻长脖子,将一身不凡的修为尽皆用到视力本就绝佳的双目上,极力朝室内望去。

没让猎奇心喜的四海堂堂主失望,珠帘依约的室内门侧,一左一右也各有一句联语,写的是:

　　千古有情都寂寂;
　　一时无语但茫茫。

"呀! 妙极,妙极!"

见到这副楹联,张堂主已开始纯粹从诗文角度,摇头晃脑地品评起联语中的三昧来:"嗯,这两联,言辞婉转,音节悠扬,正是联中上品。只是这句中寓意,不免便有些落寞萧然,中怀抑郁,倒像似深闺春怨一般……呃? 闺怨?!"

刚念及此处,便听得楼阁上一声娇叱,打破了春庭寂静:"谁家小孩儿,来我绣楼中玩闹?"

话音未落,便见一道灵动的身姿,从前面楼上飞快逃下,奔到还兀自两眼放光的小言面前,喘着气嘻笑道:"哥哥,好巧啊! 你也来大姐姐家里玩?"

不消说,这个胡乱闯入别人闺房的小丫头,正是久已不见的琼容。

"琼容,你怎么——"还没等小言来得及问明白,却见阁楼上闪出一个妙龄女子,倚着栏杆朝这边怒气冲冲地说道:"何处轻薄小儿,竟来本小姐闺阁前偷窥!"

紧接着,长裙女子身后又奔出一个丫鬟打扮的女子,一齐朝这边观望。

待看清小言面貌,面目姣好的倚栏女子倒是一愣,然后便见那个丫鬟在她耳旁不知说了什么悄悄话,于是女子轻哼一声,竟和丫鬟分开珠帘径自回屋去了。

小言倒也没急着离开，只呆呆站在那儿忖道："刚才这位应该是才貌双绝的彭家小姐吧？这些对联，是她写的？真是才女啊！那些市人所言，果然不虚。"

正琢磨间，忽想到躲在身后的小丫头，便一转身，一脸严肃地说道："琼容，今日有些不乖，怎好偷偷溜进生人房间？"

见哥哥责怪，琼容低着头，只管摆弄衣角，意态甚是羞惭。

只不过，只俯首了一小会儿，小丫头突似想起什么，扯了扯小言衣角，仰头小心翼翼地轻声说道："哥哥，别生气，我是在寻找妖怪，闻到这地方水汽好浓，便不知不觉一路嗅到那个大姐姐房间里去了！"

"哦？"看着琼容皱着鼻头，在那儿极力演示着刚才的嗅探，小言心中倒是一动，"彭府中草木葳蕤的情状，果然有些古怪。而水汽……又似以小姐闺阁所在的流水庭园为最浓。"

拂去飘落怀中的几片花瓣，小言心念微微一动，便是一记冰心结望空中发去。

果不其然，只轻轻发力，眼前半空里已飘舞起十数朵晶莹的雪花。

"嗯，水汽浓重情状，已不似这些溪泉自然生发之汽。看来，彭家小姐内园，最有可能是水灵出没之处。"

得出这一结论，小言便赞了琼容一句，然后拉着她一起往回走。

听得哥哥赞赏，原本神情不安的小丫头，立即神采飞扬起来。只不过，毕竟她心中还有些惴惴，这一路便走得十分安静，只轻手轻脚地跟在小言身后，生怕哥哥再说她不乖。

到了傍晚，彭府主人彭襄浦从衙署归来，听闻又有道士上门，便在书房中接见了小言。

与彭夫人不同,面目清癯的彭县爷果然有些眼光,并不因眼前这几人容貌年轻而起轻视之心。待和为首的小言交谈了几句,彭襄浦便越发觉得小言几人并非只是胡混的江湖术士。

说起来,凡人初次见面,只瞧面貌或有偏差,但经得一番交谈,若是乖觉些的,便立知眼前之人腹中几何。

虽然张小言面貌与那些道骨仙风的老道人相差甚远,但只略一交谈,饱读诗书、阅人无数的彭襄浦,便发觉眼前之人谈吐温雅,见识不凡,实非等闲之辈。

其实,也难免彭县爷会生出这样的看法。别看张小言在市井间与人谈价时,可以锱铢必较,争得不亦乐乎,但毕竟曾在私塾中饱览诸子典籍,又受得罗浮灵山熏陶,见过浩大的场面,骨子里便自有一股温文大气,即使遇上彭县爷这样的官宦文士,也自是进退应矩,言语得宜。

于是,本来只准备随便客套两句的彭县爷,打开了话匣子,和谈吐清雅的小言热络攀谈起来。

见他俩这样,旁边一直神色淡然的冰雪花灵雪宜竟一时莞尔。原来寇雪宜心中,想起少年堂主往日诸般言行,钦佩之余,也觉甚是有趣。

稍稍介绍过自己,小言便跟彭县爷询问有关宅中怪异之事。听彭襄浦语带苦涩的讲述,他才知道彭府近一个多月中,隔着两三夜,便如遭梦魇,合宅死睡,竟丝毫不知身外之事。

初时,彭府中异状还未曾有人发觉,过了些时日,一夜有个神完气足的奴仆忽从黑甜乡中惊醒,听到府中某处断续传来阵阵怪声,音调悲闷抑郁,于这奴仆听来竟似恐怖鬼鸣。正万般惊恐间,忽见月光中一阵淡淡黑雾涌至面前,他便又人事不知。自此之后,彭家合府上下才知出了怪异。

虽然后来加派护院,甚至有衙役自告奋勇前来看护,众人却仍是次次睡死。而自那次之后，便再也没人能从梦魇中醒来，包括最近那些上门除妖的道人术士，亦是如此。

"那，不知那个奴仆可曾听得怪声大致方位？"一番听下来，小言立时抓住其中关窍，开口相询。

听他相问，彭县令叹了一声，说道："事后我等自然也百般询问，只是那奴仆当时刚刚睡醒，睡眼惺忪，又只顾惊恐，竟丝毫不晓得怪声从何处传来。"

"可惜可惜。那每次之后，是否检点府中资财？又或有谁第二天醒来后觉着有甚怪异？"

"唉！都无。谁也不晓得那妖怪到底要做什么。"

"那还好，最怕就是妖怪害人劫财。"见彭襄浦说到此处神色愤懑，小言便赶紧好言安慰一句。又见屋中气氛有些愁闷，他便环顾书房四周，转移话题，开始和彭县令攀谈起闲话来，"彭公，您这书房中诸般陈设，倒是甚为得宜。随意而不杂乱，颇得我道家自然之意。"

听得小言赞赏，彭襄浦去了些愁色，捻着颔下三绺胡须，露出些笑容。

又听小言赞道："彭公，您这张《千山寒雪图》，实是境界高洁，与这题诗相得益彰！"

因了某种缘故，小言对墙上挂的那幅水墨卷轴大为激赏："雪乘长风舞，诗伴落梅吟。……这意境，真叫人神往也。"

见他推崇，彭襄浦也起了些谈兴，款款言道："呵，不瞒小友说，老夫确对这雪景格外偏爱。我本是北地秦川人氏，那里冬季漫长多雪。只是后来宦游岭南，一待便是十数年。与家乡不同，此地一年四季却是片雪也无，便只好央着文友中的丹青好手，画得这幅梅雪图挂于墙上，聊解思乡之情。"

"原来如此！彭公果然高古。"

经过这一番融洽无比的交谈,彭县爷越看眼前少年越顺眼。

且不提彭县令心中爱才,再说小言三人,用过晚饭之后,便在厢房中歇下。

大约戌时将尽、夜色正浓之时,小言叫来琼容、雪宜二人,收拾一番,便按着白天探来的道路,一齐向彭府小姐所居的庭院潜行而去。

原来,听彭县令晚饭时说,按往日经验,今晚极有可能便又是妖异作怪之时。

到得园中,上清四海堂诸人,便在粉墙某处角落繁盛的花草木丛中隐下身形,朝庭院中紧张地窥视。

经小言嘱咐,雪宜与琼容以先天气机牢牢锁住了那片假山泉圃,留心那儿会不会出什么怪异。

"难不成,真是咱罗浮山走失的水精?只搞恶作剧,也不害人,倒颇似某些上清高人的风骨。"小言虽然心中这般想着,手里却还是紧紧握住那把封神,不敢有分毫懈怠。

三人就这样埋伏在草木丛中,直到眉月西移,清露渐起,楼阁中灯火熄去,却还未曾见有丝毫奇异。

正当四海堂堂主的信心开始有些动摇之时,在喷涌不歇的假山泉圃中,于月光照不到的阴影处,涌动的泉水沸腾起来,向四下飞溅起千万朵珠玉般的水沫。

这一瞬,似乎心中得了某种神秘的感应,四海堂三人全都在花荫中悚然而惊!

第六章
梦倚空花，惊疑不测之祸

霎时如行走夜路时一阵阴风扫过，潜伏在花荫中的小言几人忽然没来由地悚然一惊。几乎出于本能，就在这一瞬，雪宜、琼容那两道本就不离涌泉左右的无形气机，仿佛受到某种奇异的牵引，一齐朝激烈喷涌的泉浪兜头罩去，小言手中那把向来意态疏懒的封神剑，这时也突然间兴奋起来，在他手中微微颤抖，不住摩挲着握剑之人的手掌。

"妖灵来了！"小言心中一时惊觉，浑身紧绷，左手迅速往旁边一横，挡住正作势欲扑的琼容。

"今日正要看看，到底是何方灵物！"

此时四海堂三人心思一样，只顾注视着那处浪簇急涌的泉圃。

出乎小言意料，过得许久，泉浪都已平静下来，那个预想中应该顺水而至的妖灵却始终没有出现。

"不信这家伙这么狡猾，竟能感应到我等的存在！"一心降妖的小言没料到在彭府的作祟妖灵竟如此灵通。不过，虽然未能等到妖物现身，小言已经得出结论：刚才这物，并不是掌门口中描述过的守山灵物水之精。

虽然，刚才妖物见势不妙暂时隐遁，但在即将现身那一刻，妖物竟在浪涌中散发出咄咄逼人之势，绝不似上清水精应有的沉静平和。

虽然妖异暂退，但小言三人决定继续潜伏，以防它再度前来。

月移影动，泉声渐歇，春夜庭院中渐趋寂静，唯有身边花架草丛里，断续传出虫吟。

起初，小言还能坚持，两眼紧盯着前方泉圃。只不过这静谧的春晚花庭，似乎正氤氲酝酿着一股醉醪的醇香，直闻得人沉沉欲醉。

又过了一阵，就在一直专心致志的琼容终于忍不住要伸展手脚之时，正自昏昏沉沉的小言陡然一惊，低低唤了声："有怪异！"

听他一说，琼容、雪宜立即又紧张起来，伏低身子，屏气凝神，一动不动，生怕再次惊退了机敏的妖灵。

只是，屏息良久，却仍是不见有任何异处。

不敢扰乱眼前紧张状况，琼容在小言身旁碎声轻问："哥……哥，你看……准了……吗？"

却听堂主哥哥尴尬回答道："呃……可能是我搞错了。其实是我刚才正要睡着，却突然闻到一股清冷冷的香气，便惊了一跳。"

听他这么说，一脸紧张的琼容便立时松懈下来，嘻嘻一笑，道："哥哥你不知道吗？那是雪宜姐姐身上好闻的味道啦！"

说罢，小姑娘便皱着鼻头，往旁边雪宜身上乱嗅。平时向来与琼容玩笑无忌的寇雪宜，见状便往旁边避让。正退避间，绊到地表的花藤，一下子跌倒在地；琼容正朝她挤去，没借到力，一下子也随之跌了下去。转眼间这两人便在繁花丛里、锦簇堆中，跌作一团！

等她们手忙脚乱地重新爬起，小言见状不禁叫苦一声："苦也！妖没捉到，却压坏了人家院里的花枝。"

一直等到雄鸡唱晓、东方既白，却还是未见丁点儿古怪。

见园中景色渐明，小言心知再等下去也是无望，便唤醒身旁两个似睡似醒的女孩，一齐回转到落脚厢房中。

回到房中，略略洗漱，小言便让两个女孩先歇下，自己则去彭府正堂中等候，向彭县令报告昨夜情况。

虽然现在时辰尚早，但并未等多久，小言便看到彭襄浦眼圈发黑地踱了过来。

"什么？是水怪？！"

等说过昨晚情形，又略作分析后，小言奇怪地发现，彭县令反应竟如此激烈，只见他长叹道："罢了罢了，都是那些算命方士误事！"

"呃？算命方士？"听这话说得古怪，小言便立时来了兴趣，想要听听有没有啥新的降妖线索。

却听浈阳县令悔恨道："贤侄有所不知，我小时父母取名，便听了算命先生之言，说我命中缺水，便在名中带了'氵'字。我那小女润兰出生后，又有算命之人前来嚼舌，说还是命中缺水，便又带了'氵'字。谁知，这哪里是缺水，分明便是一门心思给我招水怪！"

小言一时无言。

就在小言不知道怎么安慰激动的彭县令时，又听他说道："对了，张道长还是几日来第一个惊退妖怪的，看来道行匪浅。还望贤侄能在鄙府多多盘桓几日，即使捉不到妖怪，也好镇得它知难而退！"

见彭县令"贤侄""贤侄"的叫得亲热，小言一时倒也不好拒绝，只好应承下来。

正要躬身告退，小言忽又想起一事，便开口问道："彭公，想必县衙也来了不少道士，为何不让他们也来贵府降妖？"

"这……"听他相问，彭公略一沉吟，便抚须答道，"我彭襄浦行事，向来先公后私,岂可因家中琐事,白耗了他们的求雨法力。而现在,更是不必如此。"说罢,彭县令便是意味深长地一笑。

听彭县令这样说,小言还以为他对自己颇有信心,便不再多言,只拱手而退,回房补觉去了。

吃过午饭,小言带着琼容、雪宜二人在彭府林荫中走了一阵。比起昨天,这天越发旱得出奇。抬头朝天上望去,只见天空中仅有的几缕流云,全都被染成了红彤色,让他仿佛又回到往日的火云山前。因此,散完步后,略略消食,小言便回到房中静养心神。

到得傍晚,有丫鬟前来传话,说是主人要在西厅设宴,请三人一起前去。

此时,雪宜、琼容都是一身便装,只有小言还穿着一身道服。

刚一入席,小言便听彭县令高兴地说道:"贤侄啊,今日甚是凑巧,这筵席我还请得两位贵客。"

"哦? 是彭公的故旧友朋,还是上司同僚?"

"都不是。这两位贵客,是今日午后来县衙捐献巨资赈济灾民的侠士!"

"呀!"一听是侠士,向来仰慕游侠传奇的小言立即兴奋起来,赶忙问起两位侠士的义行事迹。

彭县令说道:"是这样,老夫以前便曾听闻,近来有两位异人短短一月间,便在左近郡县中募集到一千多两金银。没想,他们今日竟献于我浈阳衙署,言明赈济县中受旱灾民。这等义举,真是可敬可叹!"

"不错不错! 果然高行,着实让人敬佩!"小言满心钦佩。

彭县令语气一转,略感遗憾地说道:"贤侄啊,还是有些可惜。今日听两位侠士说,若不是昨天有个恶人多管闲事从中作梗,他们还能从那些吝啬的富人手中,募集到更多金银!"

"哎呀,真是可恶! 也不知是何方无聊恶徒,竟管这等闲事!"小言不禁义愤填膺。

"呵,不提败兴事。贤侄啊,这两位侠士,恰是一对夫妇。"

"哦?竟是侠侣?"小言听闻,越发感到此事传奇,便忍不住问道,"他们何时来?"

"他们刚才……哈,真巧,他们来了!"

就在此时,小言听得门关处一阵响动,回头看去,见有一男一女正步履从容地走进屋来。此时,厅堂中灯火通明,走在前头的男子,正巧与小言四目相对。

"是你?!"两人竟异口同声地脱口惊呼!

"两位义士快进来,不要客气!"见两位贵客突然立住不前,彭县令赶紧起身拱手,让二人不要拘礼。只是,那汉子仿佛充耳不闻,仍在那儿呆若木鸡。

原来,门口进来二人,正是昨日在方池镇摆擂招亲的兄妹。不承想,他们实是一对夫妻!

见他俩惊怔模样,小言心念电转,哈哈一笑,站起身来,朝门口二人一抱拳,诚声相邀:"两位侠士,我等果是有缘,想不到今日又见面!来来来,今日正好借彭公美酒,与贤伉俪冰释前嫌!"

听得小言这番说辞,正进退两难的两个人一时定下心神,细细打量起小言的神色。

待观察一阵,看不出丝毫作伪,他们才彻底放下心来。只见黄脸汉子脸色重新活泛起来,抱拳回礼,爽朗笑道:"好说好说,其实都是误会!"

见二人释去疑心,次第入席,小言便回头对一脸疑惑的彭县令笑言道:"我与这对侠士夫妇曾有一面之缘,甚是挂念。没想到今日竟在贵府相见。"

"原来如此!故友重逢,真是可喜可贺。"见小言与这两个侠义之士相熟,彭襄浦更是高兴。于是不多时,客厅中便觥筹交错,酒盏不断往来,气氛甚是融洽和谐。

席间,小言又落落大方地和那二人把酒言欢,一番款谈,才知这对夫妇中号称"巨齿狼"的黄脸汉子名叫郎成,他妻子则呼作胡二娘。

此时在烛光下看去,原本妖妖娆娆的胡二娘却显得肃重端庄,一扫当日媚态。

席上众人,谈笑风生,融洽无比。

就在酒筵快要散席之时,郎成忽听小言发言相问道:"对了,郎兄,不知贤伉俪可曾听闻彭府妖异之事?"

小言想着郎氏夫妇也算灵物一流,又常在浈阳走动,说不定知道不少旁人无从知晓的内情。

却不料,一听此言,郎成与胡二娘突然身躯震动,悚然而惊!

"咦?"正在小言迷惑时,却见郎成呆了一阵,似是下了很大决心后,才神色肃然地跟他郑重劝道:"张仙长,彭府妖异之事,我们夫妇人微言轻,实是不敢多嘴。只想告诉仙长一句话——君子不立危墙之下,此事随缘,应时自解。"

说罢,夫妇二人神色萧素,竟似是再也提不起喝酒闲谈的兴致……

第七章
香绕柔魂，风波飒起春庭

其时晚宴已近尾声，不多久，就到了曲终人散的时候。

席间，虽然郎成夫妇有时说话古怪，但彭县令感念他们捐助巨款的盛德，便也不以为意；待席散时，便与小言一道，将他夫妻俩一直送到府门外。

站在府门前，小言与两位侠士挥手话别，言谈得体，举止大方，让站立一旁的彭公暗暗点头。

送别郎氏夫妇，小言转身对彭襄浦一揖言道："今晚小侄亦感尊公盛情。现下筵席已散，我欲回房休息，也好待中夜时再去府中巡视。"

听彭公一直"贤侄""贤侄"叫得亲热，小言便也在称呼上自居侄辈。虽然入上清宫也已有一段时日，但小言打心眼儿里还是没习惯"贫道""小道"之类的称呼。

见小言如此说，彭县令却是哈哈一笑，道："贤侄此言差矣！我彭府家宴，还未曾正式开始。"

"哦？家宴……"未曾想到还有另外一场晚饭，已经酒足饭饱的小言觉得这些官宦人家的排场，真是非比寻常。

彭襄浦说道："贤侄不必迟疑，稍待片刻，我将小女唤来，与你一同再用些酒食。"

说到此处，彭县令又靠近一些，无比亲切地说道："其实不瞒贤侄说，我与你相交这一两日，甚觉投缘，便不由起了纳贤之心。正巧小女润兰与贤侄年岁相匹，不如就……"

"啊?!"听彭公这番说辞，小言一时惊愕。

就在此时，不远处的黑暗中突然传来"啪嗒"一声重响，似是有谁冷不丁被绊了一跤。小言凝起目力望去，便看到那个还没走出多远的郎成，正极力稳住趔趄的身形。

刚来得及朝郎成喊了声"小心"，一头雾水的小言便已被彭县令一把拉住，乐呵呵地直往客厅而去。

重新迈入客厅，小言见到琼容、雪宜仍自端坐酒席宴中，此时桌上的残羹冷炙早已被奴仆撤去，换上了些清淡的蔬果。

老老实实端坐在席中的琼容见陪主人送客的哥哥回来了，眨眼嘻嘻一笑，说道："哥哥，还有得吃哦!"

小言入座后不久，便见彭夫人被丫鬟簇拥着从后堂出来，向他福了一福，便坐入席中。须臾，彭府小姐彭润兰也盛装而出，在一片环佩叮当声中入席。

见人已聚齐，彭襄浦端起酒杯，把刚才在门口所说的招婿之意重复了一遍。这一回，彭县令言语不再遮拦，直截了当就说要把爱女润兰嫁给小言为妻。

听得这话，小言固然是一时愣怔得说不出话来，那位彭府小姐更是感到意外，浑没料到一向疼爱自己的父亲，竟随便就做出嫁女的决定来。才貌冠绝浈阳县的彭小姐，霎时如遭五雷轰顶，惊得半句话也说不出来!

此时，虽然宴堂中红烛掩映，但烛影中彭小姐的脸色却一下子变得煞白。坐在女儿身旁的彭夫人，虽然心中早有预感，但也没料到老头子突然间便说了出来，一时也是措手不及，慌了手脚。

稍待片刻，见得女儿可怜情状，做母亲的便忍不住出言为她缓和："我说老爷，这儿女婚姻大事，不可儿戏，这事咱不如从长计议。"

彭夫人使出一个"拖"字诀，希冀等老头子一时糊涂劲儿过去，便又是风平浪静。

小言也觉彭夫人此言甚是有理，便附和道："尊夫人所言甚是。这嫁娶之事确不是儿戏。彭公美意小言心领，只不过我与彭小姐……"

就在小言絮絮叨叨推辞之时，另一个当事人润兰小姐，却已是柔肠百转，在心中想："莫非……那什么'鸳鸯分飞'，复又'否极泰来'的姻缘签，竟要应在此人身上?"

一向心高气傲的彭家大小姐，看着眼前陌生的少年，便没来由一阵意乱心烦，只觉着浑身不自在。于是，堂中众人便见润兰小姐，忽然带着哭腔叫道："我死也不嫁他!"然后便站起身来，离席掩面而去!

见女儿这副样子，正在兴头上的彭襄浦，立时面沉似水，心生不快。

稍停一下，他才转脸勉强笑着对小言说道："让贤侄见笑了。这丫头，都是我平日疏于管教! 不过你放心，儿女亲事从来要听父母之言，润兰和你这桩婚事，都包在老夫身上了!"

"呃，彭公，其实不必如此——"

"贤侄不必多言。"

见彭县令一腔热诚，正在兴头上，小言自觉不是力辞的好时机，便暂时不再说什么。

感觉席上气氛沉闷，小言又胡乱用了些酒馔，托言夜色已晚，便要起身去园中巡查。

见小言为府上之事如此勤勉用心，彭襄浦又是大为感动，赶紧起身将他与雪宜、琼容三人郑重地送到客厅外。

待彭襄浦返身回座，却听夫人忍不住埋怨道："老头子，今晚莫非你酒喝多了？也太心急了！你也不是不知，润兰她自小面皮儿就薄，又读了些诗书，理了些琴操，如今这心气儿就更高了。你今晚乍这么一说，兰儿她——"

彭夫人刚说到这儿，却被彭襄浦猛地打断："什么心气儿高面皮儿薄？如今她只要不给我出乖卖丑，便是我彭襄浦天大的福气！你且休言，内里情由我回房再跟你细说！"

见老爷如此语气，一向顺着他心意的彭夫人也只好闭口不言。

再说小言会同琼容、雪宜二人，又准备去园中守候泉中妖物。

只不过经了方才这事，小言一时倒也不好意思直接便往彭府闺阁庭院中赶，只带着二人在彭府中胡乱转悠。

在小言看来，刚才彭县令于席间突然许亲之事，确有几分荒唐。正如彭夫人先前所言，男婚女嫁乃是终身大事，实在不是儿戏。彭县令与自己只有不到两日之缘，竟要将爱女下嫁，的确让人有些难以理解。

三人走过一程，最后又藏身于彭小姐绣楼前的春庭中。不过，这次他们换了个方位，藏到另一处墙角的花架竹影中。

此时，府中一处内房里，彭襄浦正一脸严肃，跟妻子交代起家庭大事来："夫人，你可曾记得一个多月前的那个早上，润兰闺苑中本已干旱的池圃，忽又冒出汩汩的清泉，至今仍喷涌不绝？"

潜藏于夜色之中的四海堂三人，看到他们对面闺阁小窗上摇动的灯火，到了很晚都没有熄灭。

而在小言和琼容、雪宜潜隐花荫不久，忽听对面小楼上琼的一声，然后便是一阵幽幽的琴响。琴音翩然飞过一池寂静的春水，又拂开纷华的桃李杏花，一路婉转着传入三人耳中。

夜空中浮水而至的琴音，清高虚洁，幽奇古淡，应和着春晚花庭中孜孜不倦的蛩鸣，却显得那样落寞凄清。这正是：

> 淡淡波纹愁似纱，
>
> 春眠春起送年华。
>
> 徘徊且愁无人处，
>
> 只得琴歌伴水霞。
>
> ……

静谧的夜晚中小言听得分明，这缕幽然而至的琴音，奏得正是古曲《幽兰》。据他看过的琴谱云，《幽兰》一曲抒发的是兰在幽谷中与杂草齐生的悲伤。

记起这则琴操曲解，小言暗忖道："唉，彭小姐怕是误会了。这门飞来的亲事，我这等漂泊之人，自是无福消受，也不会答应。若是彭小姐知我真实心意，或许便不会如此哀伤……"

无法剖明内心的小言，只得在杏花疏影之中，静静听着这首满含忧愁的琴曲。

缥缈的神思，随着弹琴人纤指的挑抹而婉转游移，不知不觉间，小言想到，这位宦家小姐的面容，还真是自有一股高门特有的气质内蕴其中，又流露于言谈举止之间，是普通人家儿女怎么装扮也装扮不来的；而这番幽澹清凝的弹奏，大概也只有书香门第中的闺媛秀女才能胜任。毕竟，琴音易响而难明。

这一夜,在这幽淡的琴声中平安逝去,前一夜曾露出些峥嵘气势的妖灵,并未在琴声中顺水而至。

第二天一早,听小言报得平安无事,彭襄浦又是一番赞叹,说这全因小言道行高深,才吓退了那扰宅的妖物。于是,彭县令免不了又对昨晚夜宴所提之事颇为期待,说若是女儿有幸能与小言在一起,便再也不会怕有什么妖物前来骚扰了。

小言心中并无此打算,知道自己并不能接受彭县令这一番好意。只是当前捉妖为先,于是待彭县令再提这茬时,他便顾左右而言他,先遮掩一番含混过去了。

说起来,彭襄浦这番言行,倒还与先前表现一致,但那位彭夫人现下的作为,就让小言觉着颇为奇怪了。原本对他甚为冷淡的彭夫人,现在却出奇地热情起来,一番交谈下来,对这门亲事倒似乎比彭县令还要焦急。

感念彭县令盛情,觉着无处报答,小言便越发将郎成夫妇"君子不立危墙之下"的劝说抛到脑后。于是这日晚上,他便又提着封神古剑,前往水怪隐现的庭院中潜伏。

只不过,这次小言却是独身前往,而让琼容、雪宜待在别处等候,待有动静再前来接应。因为,小言分析了一下,认为两夜无功,恐怕是三人动静太大,让那灵通无比的妖怪不敢前来。

待到了庭院中,小言施展出灵漪儿传授的水无痕法术,将自己隐身在空明中,不露半分痕迹。

一切布置周全,只看那个妖灵是否前来!

就在亥时将近、子夜将至,彭小姐绣楼中的灯烛刚刚熄灭之时,隐身于夜色之中的小言忽然觉得一阵阴风飒飒吹过,直吹得身上彻骨寒凉。忽又觉眼前景致有些暗淡,抬头望望天上,瞧见本无云纹的夜空中,竟聚起一朵阴郁的乌云，正遮住西天边本就昏黄的残月。

不知从何时起，夜晚春庭中热闹不歇的虫儿，已经停住了嘤嘤的鸣唱。只转眼间，眼前原本生机勃勃的春晚花庭，变得幽沉阴暗，有如多年没有人住的幽宅！

"好妖物！为你废了好几夜睡眠，今次总算是来了！"预感到妖灵就要现身，小言不但不紧张，倒反而还有些兴奋。

在此紧要关头，他更是屏气凝神，不敢有丝毫懈怠，生怕一不小心，再吓走那机敏无比的灵怪。

在他一双清眸目不转睛的注视下，喷涌不辍的假山泉圃中，随着其中泉浪翻腾跳荡，月影里正渐渐涌起一阵蒙蒙的雾气。这雾气，仿佛比周遭黑夜更加黝暗，渐涌渐聚，渐聚渐凝，不多时，竟凝结成一个高大人形的模样。

"这是……"暗中窥视的小言不敢怠慢，赶紧凝目极力望去，却见借着水汽凝成的妖怪，大致凝结成人形之后，并不再结成实体，只如一道高大浪壁一般，动荡着立在涌泉波浪上。

稍待片刻，那妖怪向四下望了望，确定并无异常之后，便伸展着漾荡的手足，开始在一片飞溅的浪花中做起法来。

只见一阵手舞足蹈之后，那人形怪物口中，渐渐喷出一阵暗色的烟雾。烟雾飘飘袅袅，悠悠荡荡，持续不断地朝四处夜空中飞快散去，似是用不了多久，便要将整个彭宅囫囵笼罩。

隐身在怪人不远处的小言，自然首先被波及。不过待那暗雾一及身，他身体里便是一阵太华流水流动，瞬间就将令人昏昏沉沉的惨淡烟雾完全化解。

念及自己太华流水专消悖乱之气的特质，小言心下便再无迟疑，一道极力施出的龙宫法咒冰心结已望空飞出，直朝前方泉圃处飞扑而去。

强大无匹的灵咒，瞬间将那怪物的双足牢牢冻结在凝成冰雕的泉浪中。

说时迟那时快，小言手中古剑上，又迅疾飞出两轮灿然皎洁的皓月，一缺一圆，一阴一阳，闪耀着摧魂夺魄的光芒，缠绕飞舞着直朝那个动弹不得的水怪扑去！

眨眼之间，那个顺水而至、破浪而出的妖物，便已命在须臾！

第八章
浪逐芳尘，轻折合欢之枝

专心喷吐迷雾的妖怪蓦然觉得心胆俱寒，脚下原本跳涌的波澜，突然间变得寒凉彻骨。正觉不妙时，神识中只觉有两道气势磅礴的光轮，向自己轰然而至。

彭府合府上下突然听到一声巨大的惨叫，正是小言那两道飞月流光斩堪堪击中作祟的妖怪！

妖怪这声号叫，声音如牛，不似人声，又若洪钟巨磬，直震得小言心神俱颤。

被这号叫一震，彭府中原本已有些昏昏沉沉的众人，立时都被惊醒。

见一击得手，小言不敢迟疑，赶紧又是两道流光飒然击出。

这一次，那妖怪有了些准备，原本模糊若水的身形，突然间稍稍隐淡，然后那两道灿烂耀眼的飞月光华，便"轰轰"两声击在他身后的假山粉墙上。

见此情形，小言赶紧挥剑跃出，低吼一声，直朝身形怪异的妖物飞身而扑，意图借着自己运转自如的太华道力，与其近距搏杀。

刚才这一瞬，可谓风云突变，电光石火间，已交手了两三回合。在此紧急情形下，实在容不得小言再作他想，他本能地便使出自己最擅长的招式。

就在此时，候在院落外不远处的琼容、雪宜听着诡异号叫，赶忙闪身急入，各执兵器，与堂主一道向那宛若波影的妖怪扑去。

见着三人合围之势，那妖物却是不惊反怒。只见他身形突然暴长，昂首向天厉号一声，便要与这几个不速之客全力狠斗。

只是，让飞扑过程中仍自警觉的小言奇怪的是，前面盛气凌人的妖怪，怒气勃发过后，稍稍环顾一下，竟似在那儿有些发愣。

"哈！难道这怪物的临敌经验还没我丰富?! 这当口儿如何能分神?!"

见有机可乘，小言赶紧脚不沾地般疾驰，转眼便到了妖怪近前，还有四五步时，他便掣剑高举，朝怪物兜头劈去！

"咔嚓！"只听一声巨响，几乎已人剑合一的小言，一头撞在了假山岩石上！

"啊?!"一击不中，小言大骇，赶紧回剑护身，脚点青石，猛然朝旁一跃。

孰料，等他急转身形再去看时，却发现刚才自己冲过的那处泉圃，已又是浪花急涌，刚才那个身形硕大的妖怪竟已是不见丝毫踪影。

"哥哥，那妖怪去哪儿了呢？是被打进水里了吗?"飞身赶到的琼容，见哥哥疾冲而过后那妖怪就突然不见了，便好生奇怪地询问。

听她问起，小言半带迷惑地答道："琼容，这妖怪确实是逃进水里去了。不过……刚才他还好像要和我们大打一场，怎么突然就逃了呢?"

见小言疑惑，琼容却觉得这事再正常不过，掰着手指，跟他解释道："哥哥，那坏妖怪只有一个人啊，我们这边有三个，他看了心里害怕，就赶紧逃走了!"

"……是吗?"

就在此时，被巨响惊动了的彭襄浦，点齐了府中健壮家丁，各执器械冲进院来。十几个灯笼火把一照，流水庭院中顿时亮如白昼。

第八章 浪逐芳尘，轻折合欢之枝

见主人前来，小言赶紧上前，将刚才的经过略略说了一遍。

见小言几人全部安全，彭襄浦放下心来。听完小言陈述，他便趋身上前，去泉圃假山边细细察看。此时，早有三四个家丁上前，高挑着灯笼，将老爷查看之处照得无比光亮。

见彭县公这般作为，张堂主却有些尴尬，歉然说道："彭公，真是抱歉！刚才情急之下仓促出手，没想到损坏了贵府的景物……"

原来，直到这时他才发现，刚才妖物身后的假山石，现在已塌掉了半边，其后不远处的那道粉壁围墙，也破了一个大洞，正依稀漏进墙外的景致。不用说，坍塌的假山围墙，应该就是自己飞月流光斩的杰作了。

彭县爷闻言之后，越发在假山破损处观瞧，小言见此便在心中叫苦不迭："坏了坏了！又和前日一样，妖没除掉，却把人家园中景致损坏了！

"唉，以前在山里练这飞月流光斩时，只管施出，也不知道它飞到哪儿去，不承想，这几片光华打出去竟与弩石无异！彭公府中这假山景致，定是非常名贵吧？"

小言心中正七上八下之时，却忽听彭县令转身说道："几位，身上可曾受伤？"

"……好像都没受伤。多谢彭公挂怀。"

"那贤侄你过来看看，这处血迹想必就是那妖人留下的。"

"血？"

小言闻言赶紧上前，在彭襄浦的指点下，朝泉圃假山上看去。只见那些破碎的岩块上，洒着斑斑点点的血迹。

"看来，那妖物还是为我的飞月流光斩所伤。而这血迹，果然与常人相异啊！"

原来，小言眼前的这些鲜血，乍看之下似与常人的无异，但若仔细查看，便会发觉鲜红血迹里，竟隐隐泛着一丝金光。

小言心下有些奇怪："怪事，清溟道长说过世间妖怪的血色千奇百怪，却似乎没提到啥妖怪的血液是金色的。"

正在他心中转念之时，忽听得"哎呀"一声，转眼看去，原是润兰小姐被惊动后穿戴整齐地来到近前，正看着那处触目惊心的血迹。

见女儿到来，彭襄浦便招呼一声："润兰你来得正好。还不赶紧谢过张道长？要不是他，说不定今晚你就遭了妖孽毒手。"

听爹爹这么说，彭小姐便原地对小言福了一福，低声说道："小女子谢过道长恩德。"

"不敢、不敢！"小言赶紧闪身还礼。

不过，虽然润兰小姐言谢，但看得出言语之间，仍是有些勉强。想来，应是她爹爹贸然指婚的心结还没完全解开。

见女儿不情不愿的模样，彭襄浦顿时便有些生气，重重哼了一声。

见这情状，小言赶紧岔开话题，说道："禀过彭公，今晚我与那妖物一番交手，发现他实非寻常妖怪，进退间竟似了得神通。而这妖怪又甚是果决，绝非易与之辈。我想他应不会就此罢休，恐怕不日还会再来。"

听他这么一说，彭襄浦看看眼前的斑斑血迹，再瞅瞅远处被小言击出的那个破洞，叹息一声，转身对他说道："小言贤侄，不知可否与老夫到书房单独一叙？"

"当然可以。彭公先请。"小言挥退想要一起跟去的琼容，亦步亦趋地跟在彭县令身后，往他书房而去。

进得书房，还未等他说话，却听彭襄浦劈头便是一句："张贤侄，前日许亲之事，你想得如何了？"

原以为彭县令召自己来，是要跟他详谈府中妖异之事，不承想兜头便是

这么一句！一时把小言给问愣了。

过得一阵，小言才在彭县令期盼的目光中说道："多谢彭公美意。只是……"

"只是什么？"

"只是彭小姐于此事无心，我也无此意。"

彭县令吹胡子瞪眼地怒道："她敢！儿女亲事，全凭父母之言。我让她嫁，她岂敢不嫁?!"

听得此言，小言还想分辩上一两句，彭襄浦却一摆手，说道："老夫也算阅人无数，你之才情，实非普通道徒可比。今晚又见你法力高强，将那妖魔一举击退。"

说罢，彭襄浦缓和了些语气，侃侃而谈道："老夫虽是官宦之家，但贤侄莫要顾虑那门当户对之理。前日我曾依稀听闻，你们道门之中，便出了一位朝廷专旨册封的中散大夫。依我来看，只要费些时日，贤侄想要获此殊荣，也并非难事。"

见小言神情古怪，彭县令赶紧继续说道："此事虽然有些困难，但也绝非空中楼阁。不瞒贤侄说，我彭家乃北地秦川的世族，润兰她叔伯辈中，为官为宦之人亦不在少数。便连润兰的大哥，现在也是宦游扬州。若是贤侄与小女成亲，凭着自己的才情道术，再由我彭家在朝中托人用些力气，熬得十几年，那授官封爵之事，也并非不可希冀！"

彭襄浦说这话时，一脸傲然。对他而言，说这番话，一方面是为了抚慰小言，另一方面，也顺带着告知小言自己的家世渊源，好让他知道彭家也并非等闲门户。

说完这番话，不知何故急着嫁女的彭县令，见着小言神色间还是有些举棋不定，便祭出了最后一招撒手锏。只见他语带神秘地说道："贤侄你可知道？你与小女结姻之事，其实正是天意！"

"天意？"小言一听，登时有些摸不着头脑。

见小言神色震动，彭襄浦心中大喜，心忖总算摸到了他的脉络。原来这世间修道之人，果然最计较天道天意。

于是，彭襄浦定下神来，不慌不忙道："其实，就在张贤侄来我府上之前，小女曾在街边算过几卦姻缘。"

"哦？"小言口中疑惑，心中却想到，这彭县令对自家女儿的行动倒是了如指掌。

"不瞒贤侄，小女共求得三卦。头一卦叫'鸳鸯分飞'，第二卦是'否极泰来'，第三卦则为'得遇贵人'。"

"这三卦依次看来，倒还不错。不知这几卦分别应作何解？"

"贤侄，这'鸳鸯分飞'，自然就是指你和小女，起初会因为这妖物而致婚事不得和谐；'否极泰来'，就是说事情会有转机，想来就应是今晚贤侄施出大法力，击退邪魔之事；这最后一卦'得遇贵人'，当然便是指小女今后能与你结为夫妻。"

今晚书房中这一番劈头盖脸的许亲阵仗，着实让小言大开眼界。彭襄浦这一番殷勤劝说，直让人觉得小言娶了彭家小姐之事，上应天理，下应人伦，实是天大的美事。

小言在彭襄浦言语催逼之下，正想着如何应答，却忽见原本气势十足的彭县令，仿佛再也支撑不住，全身都松懈下来，只颤巍巍地悲声言道："罢了，此事原也瞒不过去……"

不待吃惊的小言开口说话，便见原本骄傲的一县之主彭大人，竟已老泪纵横。

原来，他前几日提到过的那个奴仆，大半月前半夜突然惊醒，听到府中

某处传来不寻常的话语，天明后便跑来禀与老爷和夫人听。

这一听，饱经风霜的彭县令就知道了，自己犹如掌上明珠的爱女，恐怕已经和那神通广大的妖魔暗中结交。

当他说到此处，心思灵透的小言如何听不出他的弦外之音？看着眼前这个仿佛苍老了十多岁、正老泪潸然的一县之主，他心里也不是滋味，一时不知道该怎么安慰。

"唉！冤孽！冤孽！现在想来，这都是我彭襄浦前世种下的恶果，今生又失了功德，才遭老天这样报应！最近龙王庙走水，便是上天对我的警告！"彭县令说这话时，真是痛心疾首。

见着眼前这位慈父伤心的模样，小言心中也甚是难过。一想到彭襄浦刚才所言，小言不免义愤填膺，只沉声郑重说道："彭公且莫着恼，这神鬼之事无甚凭依，也不必太过在意。"

暂按下彭府中这许多悲喜不表，再说浈阳城郊外那条横亘东西的浈河。

离浈阳城四五十里之外，正在遭受干旱的浈水河下游，河水流经一处幽僻山谷，盘踞成一个深不可测的幽潭。现在，在这处人迹罕至的幽潭之中，却有一人正在濯洗着虬肌盘结的身躯。

这个鹰目阔鼻之人，一边洗濯，一边恨恨骂道："方才究竟是何方恶徒？竟敢在暗中偷袭本神！哼！这无知鼠辈，也算有胆，敢来坏我好事，下次再让我碰到，定将他碎尸万段！"

怪人口中叱骂时，臂上那两道深深的创痕，仍然在不停渗出血珠。见到这前所未有的古怪情状，嘴硬的幽潭怪神，暗地里也是心惊不已："那恶徒究竟是什么来历？从不曾听说浈阳县还有这等人物。他打伤的这伤口，竟不能像往日般瞬时愈合……"

不管这晚在干旱的浈阳地界上，上演着何种悲喜忧愁，东天边熹微的曙光,仍然与往常一样,在雄鸡唱晓声中翩然而至。

今日,便是浈阳县张榜招纳的贤士们,为全县军民开坛求雨的日子了。

第九章
任渠笑骂,雨前岂少愁云

天一亮,便是涘阳县开坛求雨的时刻。

涘阳县城中的人们并不知道,就在黎明到来前那一段最黑暗的时光里,数十里之外,正有个鹰目阔鼻的壮硕怪人,身覆鳞状的玄色战甲,从一处幽潭中踏波而来。

在离涘阳城三四十里处,这个相貌奇特的神怪,突然停住,低吼一声,倏然间身形暴长,立在那儿如小山停伫。这时,涘河中半浅的河水,只到他宽大的腰带之处。

稍一停留,便见法力通天的怪物,仰起那颗笆斗大的头颅,张开锅鼎般的大口,朝天边不住地吞吸。随着他的巨口一张一合,天边夜露蒸腾而成的云气,便似被一只无形巨手牵引一般,全都朝他这边不断涌聚。

待将天际最后一缕流云吸入肚腹,怪物抬手抹了抹嘴角,又揉了揉肚子,竟似是酒足饭饱一般。

此后,趁着夜色,黑甲怪物又跳在波涛浪尖上,挥舞着略有些不灵便的臂膀,手舞足蹈,作起法来。

片刻后,就见原本还有些风浪的涘水河,百里内竟再无一丝细浪,平静得宛如古井死水一般!

做完近些天来的例行功课,吞云息浪的怪物便又恢复了身形。在水中潜踪蹑形了一个多时辰,等到朝阳初照大地之时,怪物便驾起一阵狂风,直朝浈阳城破空飞去。

离浈阳城池还有十多里地时,怪物按下风头,坠到脚下干得发白的黄泥驿道上。落地之时,怪物已摇身一变,化作一个袍服在身的青壮道客,手持拂尘,朝浈阳城方向一路摇摆而去。

卯时,负责求雨大典名录登记的县衙录事史,迎来了第一个录名的求雨法师。

"鄙人樊川,别号'湖海散人',特来报到。"

正闲得无聊的录事史,闻言赶紧在册簿上寻到樊川的名姓,又在其后画了个圈,然后满脸堆笑,对眼前这位眸光湛然的青壮法师恭声说道:"樊道爷,按前日您在县衙的登报顺序,正排在第九位。来人,将这位求雨道爷请入座中!"

录事史一声呼喝,便立时有衙役应声而出,将樊川领到相应座位中去。

此时,天光已经大亮,东天里的红日照亮了大半个天空,也照亮了龙王庙前这个新搭起来的求雨高台。

眼前这座浈阳城唯一的水龙王庙,正坐落在县城南郊,离浈水河甚近,只有两三里之遥。

刚刚修葺好的龙王庙,正是焕然一新:红柱黄墙,飞阁挑檐,远远看去恰是一个"亼"字的形状,反倒要比烧毁前的小庙更加气派。

受了旱灾的浈阳吏民,都认为龙王庙走水,正是水中神明对他们的警告,这次重修自然谁都不敢偷工减料。

求雨大典的仪台,就搭在这座气势宏伟的龙王庙前,上面摆放着些绿草鲜花,还有些清水缸。

虽然正式开坛是在辰时之中,离现在还有大半个时辰,但此时神庙高台前的广阔场地上,早已挤满了从四面八方赶来观看求雨大典的民众。

随着时间推移,人们越聚越多,不多时便已是人山人海,喧声震天,忙得衙役兵丁们嗓儿喊哑腿儿跑断,极力拦出一条通往法坛高台的通道。

有这么多人一大早就巴巴地赶来,实是因为这些普通百姓,平日也没有多少娱乐;如今遇上求雨这样激动人心之事,哪能不起个大早背着干粮赶来?更何况,今日这场热闹可不比从前。旱了这么久,谁家都是苦不堪言,又有谁不盼着县令老爷豁出爱女重金招募来的法师道士,能为他们从老天爷那儿求下些雨水来?正因如此,今日这场面热闹中又透出一股虔诚,四下里连一个游走叫卖的商贩都看不见。

与南边乌压压乱哄哄的人群不同,龙王庙中现在却格外安静,只有一个庙祝在其中来回走动。

如此清静,实是因为前日那场大火烧死了几个惯常寄宿庙中的残疾乞丐。因此,大家猜测是神灵怪责庙中有亵渎之人,彭县令便下令除了庙祝外,平日若非上香祭拜,闲杂人等都不得在庙中停留。

就在樊川录名之后,又有其他十数名道人术士陆陆续续到来。这些应榜而来的法师,此时全都依着先后顺序,坐在离高台最近的那三排雕花木椅上。

卯时之末,主持这次求雨盛事的浉阳县令彭襄浦,终于在一班县吏衙役簇拥下到来。为示虔诚,今日彭县令并未骑马坐轿,而是从城中县衙一路步行到龙王庙。

到得龙王庙前,彭县令对着法台前十数个法师中的少年微微一笑,才在主簿从吏的陪同下,坐到专为他准备的凉伞座席中去。

彭县令瞩目之人，自然就是四海堂堂主张小言。

此刻，小言也抱着尽力一试的心态，来参加这次求雨法事。于他而言，虽然自己使过几次风水引，但此际浈阳遭受天灾，旱情颇为古怪，便也拿不太准灵漪儿教他的这个法术，能不能在如此大范围内一举奏效。

此时，小言正坐在那张标号为"十"的木椅上，恰在樊川之后。

琼容、雪宜皆一身道童打扮，分立在他身后。现在离求雨仪式正式开始还有一段时间，小言觉着有些无聊，就转过脸去，和琼容、雪宜说起闲话来。

少年没个庄重正形的样子，还有小女孩咯咯的嘻笑声，传入那些正襟危坐的道人法师耳中，便不免让他们有些眉头微蹙。这些游方法师，免不得心中有些埋怨县令，如此重要场合，咋还放进几个少男少女来。与他们略有不同，那个一言不发的"湖海散人"，在一脸自信与傲然之下，却隐隐藏着几分怒气。

就在小言与琼容逗趣之际，却突然听得有人在耳旁如炸雷般一声暴喝："好你个臭道士，今儿个却躲在这处快活！"

小言闻言愕然，一时不知发生了何事。他一脸茫然地朝旁边看去，却见一个面相粗犷的汉子，正在不远处朝他愤怒地大叫："好你个无耻之徒！揭了俺妹面纱，竟敢不娶她！"

说话间，那汉子便掠过椅凳人众，旋风般冲了上来，一把揪住小言的衣领！

"……这位好汉请先松手，我不认识你啊？"猝不及防之下，小言都没反应过来。

正茫然之时，就见那汉子加重了手中力道，吼道："别装糊涂，柳树庄外你揭去面纱的那女子，就是俺妹妹！"

"啊？是她啊！"这时小言才想起是啥事。侧头朝汉子背后一瞧，恰见围

观人群中有一个村姑，正目不转睛地朝这边张望。

"咳咳，这位兄台，您这不是逼婚吗？我可实在没有要娶你妹妹的意思！"遇着这样的粗汉，小言也有些哭笑不得。正请他松手，却听那汉子怒问："真个不娶?!"

"就是不娶!"小言这时也被这汉子惹得火冒三丈，言语间就不似先前那样耐心了。

"好小子，真是不打不认账啊！那今日我刘虎，就打到你做我妹夫为止!"

听他这恐吓，血气方刚的小言毫不示弱："好，那就先打一架试试!"

于是，旁边诸位高人，便全都目瞪口呆，愣愣看着这个衣冠楚楚的少年道士，一把撸起衣袖，就和那粗蠢村汉一路踉跄到旁边空地上，丁零当啷打成一团！一片尘土飞扬，旁边还有个小姑娘在那儿蹦跳着不住给她的小言哥哥助威加油！在不停蹦跳呼喝的琼容旁，还站着她的雪宜姐姐。此时这位梅花仙灵，已拔下发间那支绿木发簪，紧张地关注着战局。

这时旁观人众中最为张口结舌的，便得数彭襄浦彭大人了。见识过小言高强手段的彭县令，没料到他竟会不用高超法术，而和这个不知天高地厚的村夫拳脚相向。一时茫然之下，这个县令竟忘了下令将捣乱的村夫抓起。

片刻之后，求雨大典前的这场意外插曲便宣告结束。那片不绝于耳的"乒乒乓乓"声戛然而止后，便听得一个粗壮的声音吃惊说道："俺的娘！想不到你如此力大！罢了罢了，俺说话算话，还是回头给妹妹另寻个婆家!"

于是逼婚之人鼻青脸肿地铩羽而归，跟自己那个正等好消息的妹妹悻悻然说道："妹妹啊，还是换个人，不要挑他做我妹夫。没想到这人拳脚忒厉害，若做了你男人，以后要是欺负起你来，哥可护不了你!"

他这憨直话一出，旁边围观人群中立时一阵哄笑！

就在这片哄笑声中,得胜的小言拍了拍身上尘土,扶了扶歪斜的帽冠,哼了一声,便得意扬扬地回归本座去了。

目睹这场争斗全过程,现场这些大多同属道门的术士法师,一时间竟感觉颇有些羞愧。其中,更有几个道士在心中暗暗忖道:"晦气,这样拳脚相斗,真丢了我们三清道门的脸面。这般村夫,我一记裂天梭,便已足够!""就这粗蠢汉子,贫道一招风行天下,定将他吹得没影!"

就在所有这些不屑的目光中,有一人回想着刚才的情形,却不禁一脸愕然。这人不是旁人,正是小言身旁那位湖海散人樊川。

第十章
春雨如歌，寸心分付梅驿

经得这场小小的风波，过了没多久，浈阳县招贤求雨的法坛便正式开启了。

因为这事关乎民生，又关乎神鬼，饱读圣贤诗书的浈阳县令彭襄浦，便并未登台作什么正式开场讲演，只是起身躬身施礼，请第一位法师上台求雨。

当第一位法师袍袖飘拂地登上高坛，开始按本门秘术重新摆布求雨罡斗方位时，台下围观民众中唧唧喳喳的议论声，便迅速平息下来。

片刻工夫后，偌大的龙王庙前郊野里，便已是鸦雀无声，所有人都将目光投向前方那座高台之上。

与其他人一样，小言此刻也目不转睛地盯着法坛，看着那位峨冠博带的道装法师有条不紊地忙碌着。

没多久，这位应征而来的游方道士，便踏着九宫七曜的方位，开始来回穿梭。走步同时，口中吟唱起求雨经咒来。

在坛上法师抑扬顿挫念诵之时，所有旁观的吏民士子，一个个大气都不敢出，生怕一不小心冒出啥杂音来，干扰了台上法师神秘的吟唱。这样的屏气凝神，一直维持到那位道爷走下台来。

"失败了。"看着法师面红耳赤、一言不发地走回座位，小言便知道，刚才这场求雨失败了。看来，要从老天爷那儿求下点雨水来，并非是件易事。

与此相类，此后上去那五位术士法师，无论是用符、用咒还是用丹丸辅助，都无一成功。

那些原本虔诚万分的士民，见多时无功，渐渐松懈下来。不多时，四下人群中便开始回响起低低的议论声来。

经得前六位法师的来回折腾，不仅片云滴雨没见着，此刻挂在头顶的日头，反倒越发明亮起来。灿烈的骄阳，正向大地上这些毫无遮拦的人，肆无忌惮地散发着灼人的热力。被日光一照，便连搭建法台的剥皮圆木，也闪耀起白花花的光芒，直晃得人心发慌，眼发花。此刻，他们甚至觉着自己一抬手、一转身，衣服都会和周围干燥的空气，摩擦出"刺啦刺啦"的响声来。于是，一股失望的情绪在眼前民众中渐渐蔓延开来。

在这片惨淡愁云中，第七位上台求雨的法师，却仍是自信非常。

这位约莫四十岁的道长雄赳赳飞身上坛后，仗着桃木宝剑，跟四下失望的民众大声叫道："各位浈阳乡亲，且休懊恼！今日我志木道人，便豁出一身修为，全力施出咱空水道派的镇派绝学——先天殷雷削影符水大法！"

听得他这声底气十足的呼喝，还有长长的法术名，大家觉得似乎有几分门道。于是台下情绪低落的民众和同样灰心的彭县令，便又打起了精神，要看看这位志木道爷究竟有没有回天之术。

只见志木道人说完这句话，便符剑并举，禹步舞蹈，做出许多前所未见的古怪动作。与他同来的两个小道童，也在一旁鸣磬敲钟，为他们师叔忽高忽低的怪叫声击打节拍。

这一声声钟磬，开始时还不紧不慢，但等到志木道人口中的怪啸越来越尖厉之时，这两个道童便敲得越来越急。最后，在一阵急雨般的鸣响声中，志木道人手中桃木剑上粘着的那九张符箓，便突然化作九道清光，"唰唰"几声，分别疾飞入台上那九只清水缸中。

就在此时，众人再朝台上望去，便见志木道人昂首伫立，剑指天南，似乎正在低沉而急迫地念诵着什么经文。

渐渐地，他与那两个小道童站立之处，就如同浸在水中，竟开始有些摇漾起来。随着经咒的念诵，高台上似乎正竖起一道水墙，高台后龙王庙的屋脊挑檐，竟渐渐模糊波动起来！

"有门儿！"和大多数人一样，小言见着这异状，顿时在心中生出不少希望，只等着看天上能不能降下些雨水来。

当然，并不是所有人都有这样的期待。小言身旁的化名湖海散人樊川的怪物，见着台上这异状，丝毫不为所动，只在心中轻蔑想道："嗯，这人的法术，倒也算五雷正法。若在平时，免不得要给他洒下些雨水来。只不过，今日遇着本神在此，他却也只能寸功皆无。最后求雨成功的，也只能是我！"

一想到此处，原本镇定异常的樊川竟似乎有些兴奋紧张起来。

且不提樊川心中转念，再说那位施出五雷正法的志木道人，在台上等得良久，举剑举得臂膀发酸，却仍然未见到有片云飞来。

又过得一阵，正当大多数人仍在翘首期盼时，却忽见这位一直神完气足的志木道人，突地垂下手中木剑，浑身瞬间松懈下来，长吐一口气后朝台下一拱手，苦笑道："请恕贫道无能。此番恐是天意，似非人力能及。"

说罢，他携两个童子坦然走下台来。自然，随着他的离去，高台上扭曲的异象便立即消失了。

见得志木道人这番言行，台下大多数人都是脸色黯然。

小言在座中替志木道长懊恼之余，也觉着有些奇怪。先前的这几位求雨法师,既然敢应官家榜文,便不会是全无把握之人;刚才又看得他们的手段,更不像纯来碰运气的虚妄之辈。可为何所有这些求雨法事,竟是寸功也无?

"难道,浈阳大旱真是老天爷发怒,任谁都挽救不得?"一想到这种可能,原本信心便有些不足的小言,这时更是动摇起来。

就在他陷入迷惑之时,旁边的青壮道士樊川仍正襟危坐,纹丝不动,却恰似将小言心中诸般念头,看得如明镜一般。顿时,樊川嘴角边便爬上了一丝不易察觉的嗤笑。

就在近在咫尺的两人各怀心事之时,第八位求雨方士,也上得台去。只不过,这位法师也是力不从心,草草将诸般法事做过,便在一片燥热的空气中下坛回座。

如果说,先前心底里还存着些幻想,那到了这时,在场数千军民已经是彻底绝望了。看来,县中这场大难,应是老天爷降下的灾殃,不是这些方士法术能拯救的;全县吏民,还得检点各自功德,虔诚乞求上天宽恕,才是正途。

见第八位法师下来,又感受到场中的变化,樊川心中一乐:"哈,终于轮到我啦!各位浈阳的乡亲,今日就让你们开开眼界,看看本神是如何'求雨'的!"

想到十几日来朝思暮想的事,就要在转眼间变成现实,饶是来历不凡的樊川,此刻也不禁心旌摇动起来。

静了静心神,樊川便要起身,却忽听到法台旁有一声高呼清晰传来:"樊道爷请稍住。县令有请张小言张道长先上台!"

"呃?这是怎么回事?!"

闻得此言,正准备一展身手的樊川顿时愕然。朝不远处县令看去,却见面目清癯的县令含笑朝自己说道:"这位壮士,还请让张道长先上台一试。张道长已在我府中住得几日,本县已知他法力高强,不如便让他先来作法。毕竟,大家都已等得这么久……"

彭县令言下之意,就是与其让围观军民晒得汗流浃背,浪费时间看台上法师做无用功,还不如让有道之士先来求雨。

他这番心思,樊川怎能不明白,正待恼怒,转念一想后却恭敬地一揖,默许了排序在自己身后之人提前。

见樊川应允,彭襄浦心下也挺高兴,捻须暗忖道:"嗯,别看这道士面相生得粗犷,倒还挺知情识趣!"

此刻他让小言提前登坛,倒并非出于私心。到得这节骨眼儿,彭县令早就把张榜求贤嫁女之事抛到了脑后,现在他只盼着,能有个真正法术高强的术士,可以替合县军民求下些甘霖来。

见彭公期许,小言倒也无须谦逊,便站起身来,朝身旁的青年道士一揖,歉然说道:"这位道兄,很抱歉。那我就先去试上一试。"

"无妨,道兄请便。"樊川不动声色地回了一句,心中不恼反乐:"哈!有了先前准备,今儿个除我之外,还有谁能求下雨水来?正好正好,可以多看场戏,看看这多管闲事的臭小子怎样出丑!"

小言却不知樊川心中真实想法,反倒还在心中赞道:"不错不错,这位身形魁伟的道兄,心胸竟也是同样宽广!"

小言一边想着,一边朝法坛上走去。自然,琼容、雪宜两人也一路跟在他身后,一同上了座求雨高坛。

等到他们走上台站好方位,围观的民众看到后却是一愣,觉着万分惊奇:"咦?怎么这三人,竟是以那个小女童为主?"

原来,小言三人上得高台,也不管什么清水罡斗,只按先前约好的法子,由琼容站在台前，装模作样地念诵咒语，剩下两人则分站在她身后左右，小言吹笛，雪宜执滴水檐，作两个辅翼的灵真。

摆出这般阵势，是因为四海堂堂主思忖着，虽然要用神笛吹出《风水引》来求雨，但若真个到了求雨之时，冲上台去便来上一段笛曲，则很可能会让不明真相者以为他们是来卖艺的。于是，一番琢磨之后，小言便决定让一个人在前面随便念念法咒，他自己则在身后趁机把《风水引》吹出来，这样也就像模像样了。

本来，念咒之人想让雪宜担当，谁知琼容小丫头觉着这事好玩，便毛遂自荐，极力缠着哥哥把这事承担了下来。

见她用心，又真会些泼水的小法术，小言便答应了她。于是，欢呼雀跃之后，小姑娘就在哥哥逼迫下，苦着小脸将一大段冒充求雨经咒的诗文背了下来。

此时高台上，一个小姑娘正摇晃着小脑袋，清脆地念叨着经文。念叨经文之余，她还不时停下来，用手抵着腮，想上一想，然后再继续往下背。只听她这般念道："……自我天覆，云之油油。甘露时雨，厥壤可游。滋液、滋液……嗯！是滋液渗漉，何生不有！嘻嘻！……还有嘉谷六穗，我穑曷、曷蓄！……非惟雨之，又润泽之；非惟遍之，我泛濩之。万物熙熙，怀而慕思；名山渺渺，望哥哥来……"

这越念越含糊、内容越来越不着调的念咒声，传到台下某人耳中，心中又是一阵大乐，不禁更加急切地想看到小言他们将如何出丑。

不管旁人如何轻视，就在琼容的念诵声中，小言就着神雪玉笛，开始吹起四渎龙女传授给他的那首布雨仙曲来。

于是，初时被小女童塾课诵书般可爱模样吸引去大部分注意力的浈阳县民，过得良久，才发现头顶天空中，不知何时已回荡起一缕悠然的笛声。

"看来这几人也有些道行,和刚才的志木道爷差不多,也用上了乐器辅助作法。"

虽然不抱多少希望,但此时小言这几个少年人,倒让浈阳民众耳目一新,差不多都和那个湖海散人抱了同样的心思,只把这法事当场戏来看。既然求雨无门,那就看场乐子吧,也对得起今日出门。

与这些心态轻松之人不同,满含云情雨意的笛曲吹起之后,随着婉转曲音,小言却越来越觉着有些怪异。不知何故,此刻他心中竟生出一丝荒唐的感觉,似乎就像刚才自己和那个村夫搏斗一般,随着一个个笛音从神管中飞出,天地间却生出一股无名的巨力,在和这些灵音仙声不住地对抗拉扯!似乎,若他力胜,则雨下;若他不济,则滴水也无!

"这就是上天的力量吗?"小言心中转念,口边仙曲却并不准备停歇。

出身贫家的少年,深知雨水对旱地平民是何等重要,因此感觉到这股对抗之力的出现后,虽未刻意去想,但下意识中已运起太华道力,更加全神贯注吹奏龙宫仙曲,竟似要与充塞于天地间的神力全力争斗!

于是,在浈阳县内蜿蜒百里的浈水河上,原本静如古井的水面,发生了常人难以察觉的变化:原本如蒙了一层无形巨膜的宽广河面,在水汽交接的分界上,正剧烈跳荡起细密的纹浪。那激烈情状,就仿佛水底与空中,各有一位神灵针锋相对,在那里不停地撕扯对抗。随着那亿万道纹浪越发激烈地跳荡,慢慢地,传到众人耳中的那缕轻柔缠绵的乐音,渐渐便带上了些杀伐之音。

已全身心投入与旱魔相抗的小言,不自觉便用上了神曲《水龙吟》的乐意。一个个带着无尽魔力的音符,流荡着充沛的太华道力,从神雪玉笛中鱼贯而出,直朝眼前广阔无垠的天地山川间奔腾而去。

只用过两次四渎神咒的四海堂堂主,对神曲曲意却明了得宛如曾在心中铭刻。在与天地间那只无形巨手相抗时,这些个四渎龙神惯来行云助雨的神咒,正被他信手拈来、毫无痕迹地融入到龙女仙曲中去。

在流转一身太华道力、极力施展神咒之时,小言在心中决然想道:"今日不管是哪路神怪在作乱,我张小言都要给这受灾的浈阳降下些雨来!"

此时,一直胡乱念经的琼容也停了下来,专心欣赏哥哥的笛曲。

"……这是?!"那个一心等着看笑话的湖海散人樊川,听得台上这异声,霎时大惊失色!

就在樊川惊疑不定之时,小言却不管不顾地全力施展着神咒。不知是因为冲动还是侠心,入得相抗之境,他骨子里那股久未显露的执着心性顿时显现出来。在这当口儿,什么天谴天刑、什么力尽后神曲反噬,都已被他一股脑儿抛到了脑后!

在一声声刚柔相济的水龙吟啸声中,不但四乡八里的村夫村妇尽皆起了膜拜之心,便连千里之外的高天流云,感受到这异音,也都从四面八方朝这处空中不停地奔流汇聚。

就在此时,那个湖海散人突然在笛曲声中捂住肚腹,口中呕呕有声,竟似是要呕吐。

见这情形,那位排号第八的中年道士,赶紧关怀地问道:"道兄,不要紧吧? 是不是早上吃坏肚子啦?"

正关怀间,却见青年道人耳鼻之旁白雾氤氲,仿佛正有汩汩云烟从中缭绕而出!

突然,有人叫出声来:"下雨了! 下雨了!"

初时这惊异的叫喊,还只是零零落落,片刻后,便有更多人反应过来,一齐兴奋地呼喊起来!

于是,久旱逢甘霖的人们发自内心的欢呼,从龙王庙高台前传出,从浈阳城郊旷野上传出,从浈阳千村百镇各个角落中传出,最后汇集到一处,应和着天上滚滚的春雷,顺着千里浈水河朝无尽的远方奔腾而去。

"这就是天水吗?"感受着脸颊上凉凉的清润,聆听着身旁男女老少激动的欢呼,还是有些浈阳人不敢相信,久违了的春雨真在这一刻翩然而至!

这雨丝,瀚渤如雾,郁律如烟,浸湿了春日的幽梦,停住了行脚商贾的脚步,飞进了士子的书窗,滋润了干涸的墨砚。转眼间,干结的田野中已是麦雨蒙蒙,兰风细细,浈水河半涸的河面上,细雨霖霖,漫水连云,上下一色。

沐浴在无边的细雨中,高台上清柔的雪宜见堂主召雨成功,台下吏民欢声雷动,也满腔喜意。明眸流盼间,她看到在人潮之外的冷寂处,如愁的细雨正浸润着一位兰花般的女子。女子撑着一把素雅的油纸伞,在车轿旁陪着自己的娘亲,朝这边怔怔地凝视。

这时只听到台下不远处,传来一声欣喜的感叹:"奇哉!乐哉!全凭张贤侄道法通天。我北地有'瑞雪丰年兆',南方这处,却正是'春雨贵如油'!"

听到这声赞叹,再想起彭府书房中那张《千山寒雪图》,寇雪宜稍稍一愣,似乎想到什么,俯首犹豫了一下,然后拔下发间那支绿木灵簪,纤步轻移,腰肢婉转,朝四方袅娜而舞。

在她玉手轻挥之间,飘洒于眼前城郊旷野中的丝丝细雨,竟化成朵朵晶莹的白雪,纷纷扬扬飞舞在方圆十数丈的天地之间。

"我……这是在做梦吗?"见着这样梦幻般的雪景,念兹在兹的彭县令固然张口结舌,那些活到今天都没见过雪花模样的岭南民众,更是又惊又喜,如痴如醉,似中了梦魇!

"哈哈!想不到雪宜也会凑趣!甚妙甚妙!"见着此景,小言心中大加赞叹。用杂糅而成的曲子求雨成功,没遭反噬,也没遭什么天打雷劈,现在他正是心情大好。

只不过，只顾高兴的小言却浑没注意到，就在神态各异的喜悦众人中，有一人正脸色铁青……

第十一章
骇浪灵潮，缭乱花魂之梦

这次前来观看求雨大典的浈阳民众，基本没人想到随身携带雨具。因为，干旱了这么多时日，淋雨已成了件遥不可及的奢侈之事。结果，待纷纷雨下之时，这些人便个个淋在了雨中。只不过，几乎所有流淌着雨水的脸上，都洋溢着藏不住的笑容。此刻，所有浈阳县的大人们都似乎返老还童，就如不懂事的孩子，在斜风细雨中四下奔跑笑闹。

化雨的春风拂过，求雨高台方圆十数丈内，又有千万朵宛若琼苞玉蕊的雪花，在和风中悠悠地徘徊飘舞。这样神异的景象一出，顿时一大片虔诚乡民跪倒在地，不断地口称天女下凡。那些从不信鬼神的儒生，见得这样违背天地常理的奇景，也不免动摇了心中一直坚持的信念。

见了这情景，有一人却有另外的想法："这台上三人……难道是罗浮嘉元会上那几位上清门徒？"

正是游走四方的志木道人，见着眼前这一番景象，忽记起最近道门中流传的那则传闻，便开始浮想联翩。

商台上的小言却不知自己已经有了些名气，只顾在那儿跟雪宜说笑："哈！雪宜你听见没？他们都说你是散花的神女呢！"

正说话，忽有一人"噔噔"几步奔上台来，上台之人正是浈阳县令彭襄浦。

见得他们几人这一番作为，简直与神仙无异，县令大人早就倾心敬服，遂亲自将小言几人迎下台来。

到得台下，那些术士法师都来向小言祝贺，只有那个樊川在一旁只顾揉着肚腹，似是甚为苦楚。

一片纷乱间，忽听彭县令大喜道："哈哈，女儿你来得正好！"

原来，在漫天飘舞的雪影中，彭家小姐撑着油纸伞，穿过已经稀疏了许多的人群，款款来到求雨高台前。

见到父亲，彭润兰有些迟疑地问道："爹爹，是谁求下这场雨雪来的？"问话之间，她神色半含忧愁，又伴着几分期待。

看到她这神态，彭襄浦倒甚是开怀，心说兰儿既然这样主动相问，便表明她对张榜许婚之事，或许不再反对。继而心中忖道："即使之前有些误解，今日见了张仙长手段，兰儿也该回心转意了吧？这般夫婿，世间哪里去找？"

想到此处，他分开众人，将女儿拉到小言面前，兴高采烈说道："乖女儿，今日这求雨成功之人，正是这位少年道长。"

一听爹爹这话，彭润兰脸上霎时一片苍白。

彭襄浦没注意到女儿神色，只顾往下说道："张仙长这几日为我宅中驱妖有功，今日又求得这场雨来，按照老夫前日榜文许诺，今次就要将你的终身托付给他。"

一心欢喜的彭县令却没想到，就因自己这句话，竟引起一场天大的风波！

"彭公，其实这事……咦？！"小言瞅着眼前面色苍白的女子，正要和彭县令彻底说清楚时，却忽听耳边轰隆一声巨响，如若天雷炸鸣！

"不好!"听得这一声震鸣,小言便知不妙,回神再去看时,却发现眼前的彭小姐早已人影俱杳!

还在其他人惊惶于这声迅雷之时,小言便已提气跳到空中,凝目注视,牢牢捕捉住漫天风雨中那道迅疾飞逝的灰影!

"快追!"小言大喝一声,琼容、雪宜二人便也凌空飞起,跟在他身后直朝掳人妖灵奋力追去。

等回过神来,彭襄浦发现自己眼前几个少年男女,还有自己的女儿,皆已踪迹全无。

正在惊愕间,他忽听旁边有人沉声说道:"县令不必惊疑。贫道刚才看到,那个应召而来的樊道人突然暴起,摄走小姐。现在张道长三人,已经御剑追去。"

彭襄浦转脸看去,发现说话之人,正是先前上台的志木道长。

这位空水派的法师一脸肃然地说道:"彭大人请放心,那几位仙长法力高强,你家女儿应该无事。我等法力低微,就在这儿保护大人,还有眼前这些百姓乡民。"

听志木道人说到这儿,彭襄浦已经脸色发白。因为,此刻他已听到,浈水河上传来巨大的轰响!

略过彭襄浦吩咐手下疏散民众不提,再说那浈水河边。此刻,小言已经按下飞剑,站在浈水河高岸上,紧张注视着汹涌波涛中的那个湖海散人——樊川。

如果说,前几日小言见到的浈水河,是一位恬静安详的少女,那此时,它变成了一个暴怒的疯汉。河中水面暴涨,原本干露的河床早已被洪波淹过,凶猛的河水已逼近高高在上的堤岸。河中央,浊波旋流,滔滔荡荡,潍潍泱泱。巨浪相撞时发出巨大的声响,汩汩浤浤,淘淘湝湝。

在浮光如线的千尺涛头，正立着那个掳劫彭小姐的妖灵樊川。此时，樊川仍是一身道装打扮，但早已抛弃装幌子的拂尘，脸上也换上一副凶悍神色。就在他不远处，动荡不停的浈河水中，有一道高高抛起的浪涛，纹丝不动，直立如柱。水柱上正立着被掳去的彭润兰。此刻这位彭府小姐，目光迷离，神情恍恍，如遭梦魇。

就在小言注目观察水中情状时，雪宜、琼容二人也急急赶到他身后。见她俩到来，小言回头低语几声。待二人点头称是，他便执剑在手，聚气凝神，然后剑上便飞出两轮耀目的月华，直朝浈水河中穿涛破浪而去。

几乎就在光华缠绕樊川身侧之时，出身于万丈冰崖上的梅花仙灵雪宜连闪缥缈的身形，越过惊涛骇浪，瞬间便来到彭润兰面前。

"小姐请抓牢我的手！"向来说话轻柔的雪宜，这时却语音急促。也等不得眼前之人回答，便伸手去抓彭小姐臂膀。

"彭小姐，我们快……""走"字还没说出来，却见眼前女子，竟下意识地一甩手，立时从雪宜手掌中挣脱。

只这一错落，雪宜足下风波已将她推到三四尺开外。等她反应过来，再想上前解救之时，却见就在彭小姐落脚的那道水柱周围，猛然涌起十几道高高的浪峰，如同栅栏一般，将彭润兰团团围住。

原来，被小言飞月流光暂时缠住的樊川，知晓了雪宜的企图，随手一挥，召出这些浪峰。等雪宜再想试着穿梭进去时，却发现这些水铸的栅栏，竟如有灵性一般，随机流转弥合，丝毫不让她有可乘之隙。

见救人无望，寇雪宜便迎风化出那枝圣碧璇灵杖，足踏千顷波涛，手舞万条瑞彩，直朝那个耸立潮头的恶灵飘然击去。

在雪宜这枝天造神兵的金碧交辉中，又有两团火焰般的光影，宛若身披仙霞的神鸟，朝樊川飞去。自然，这便是琼容驱动着她那两把朱雀神刃，驾

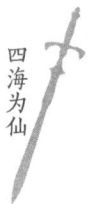

着些云雾,在樊川头顶身周不住攻击。

见得这样绚烂神妙的场景,那些不肯逃离的胆大军民,尽皆看得眼花缭乱,"神仙下凡"声呼喝不断。听得他们叫喊,又有更多的百姓停下脚步,一齐眺望浈水河中这场腾波流虹的争斗。

此时,勉强躲过小言两道夺命光华的樊川,见两个女孩兵刃古怪,招式不凡,便收起了轻视之心。一声震天动地的大吼后,这灵怪现出巨灵法身,穿一身黑甲龙铠,手中紧握一柄寒光闪闪的三齿钢叉,腾身而起,驾着浪头,朝这两个缠击不休的女孩横扫而去。

这样一来,众人便看到两个身形娇小的女孩,正围着那个伟岸巨灵不住跳跃飘荡。

不过,虽然看上去体形不成比例,但琼容、雪宜却夷然不惧,这两姐妹心意一同,仍旧迎着急浪飞波,与巨灵拼命争斗。

见樊川变成巨灵模样,小言心中又惊又喜,惊的是彭府妖人来历的确不凡,喜的是他身形变得这般壮大,自己正好可以继续施展飞月流光斩,也不怕误伤琼容他们。

打定主意,他便又开始默运玄功,准备激发威力惊人的飞月流光斩。

谁承想,就在这时,忽听得一阵异响,然后便见波涛间一个小姑娘,正如车轱辘般翻腾倒滚而回!

"呀,不好!"看清滚来之人,小言顿时大惊失色。正要奔上前将琼容救下,却见小丫头舒展开囫囵作一团儿的手脚,有些不好意思地说道:"哥哥,被打败了!"

原来,刚才樊川她们两个缠得不耐烦,便呼喝一声,运起神功,霎时间便见他身下洪波突起,凶猛的波涛,如铁马横溃、银山崩塌一般,朝琼容、雪宜二人迅猛扑去。这一下,猝不及防的女孩们立时被冲散。寇雪宜百忙中飞到上空，琼容则被浪头推着，一路咕噜咕噜地滚了回来。

"唉，琼容啊，我刚才只叫你远远地放出火鸟，你怎么就敢过去打斗？"轻责一句，小言便放下吐舌不已的小姑娘，飞身驭剑，朝那个不肯放人的凶灵杀去。

此刻，浕水河中已是浪涌波高，飞溅如雾，在远处已经根本看不清楚。小言只好御着瞬水诀，让神剑瑶光飞在自己左右，冲到樊川近前厮斗。

只是，虽然小言勇猛，但水中毕竟不比陆地，惊浪雷奔、骇水迸集之际，他又如何是这出身特异的水中灵怪的对手！

勉强斗得七八回合，就在樊川被小言那把神出鬼没的灵剑逼迫得有些筋酥骨软之际，他又故伎重施，低吼一声，猛然就在小言脚下呼出一道巨大的水柱。水柱如惊雷般炸开，瞬间就将苦斗的小言高高抛起！

见偷袭奏效，心中早有准备的樊川，又如何会放过良机，赶紧用三齿巨叉奋力扫去。所以刚刚赶到的雪宜、琼容，还没来得及救援，便听砰的一声，自家堂主已然被寒光烁烁的叉尾击中，霎时便如断线风筝一般，朝浕水河岸边直直摔去！

"堂主！"

"哥哥！"

两声惊呼几乎同时而发，两个女孩再也顾不得与灵怪搏击，赶紧朝小言落处飞扑而去。

见一击得手，樊川顿时大为得意，仰天狂笑起来："哈——"

刚笑到一半却戛然止住，猛然间樊川只觉得右臂一痛，手中钢叉唰的一声掉下水去。原来，小言被他击飞出去后，勉强击出一道飞月流光斩，饶是剧痛中大失准头，但还是击中了樊川右臂。

樊川重新招来钢叉，勉强将其握在左手，感觉到右臂流血不止，一阵阵古怪的痛楚不断传来。

说起来，这两日中，不可一世的灵怪已是第二次吃得同样的亏，立即气得七窍生烟。又惊又怒之下，樊川壮起恶胆，狠下心肠，奔波蹈浪，鼓起千尺波澜，朝受伤的小言现在躺卧之处兜头淹去。本就激荡如沸的浈水河，立时就如脱缰野马一般，越过堤岸的束缚，朝浈阳城方向奔腾而来！

见洪水滔滔涌来，小言赶紧熬着痛楚，在两个女孩搀扶下站起身来，勉强飞离地面，几乎只在一线之间，凶猛的波涛从脚下呼啸而过，直朝那些呆呆看热闹的百姓扑去。

见此情形，小言心中大骇，赶紧聚起全身的气力，运起太华道力，极力朝潮水发出一道道冰心结神术。在他全力施为下，那些势头猛烈的波涛，瞬即便被冻住，渐渐在地上凝滞堆砌起来。

经他这么一挡，那些被吓坏的县民，终于缓过神来，顿时发一声喊，朝浈阳城高大的城墙后逃去。那些有些法力的方士法师，为奔逃众人断后，有位道士，还不停地从地里召唤出一面面土墙，配合着小言阻挡潮水势头。

见潮水受阻，立在浈阳河峰头浪尖的受伤灵怪愈加震怒。

此时，樊川似头受伤的猛虎，更加疯狂地驱动着汹涌的河水，毫不停歇地朝小言站立的方位铺天盖地而去。愈涌愈高的浪峰，仿佛马上就要将勉强飞在半空的小言吞噬。

面对这样的滔巨浪，本已受伤的小言有些力不从心，渐渐地，他手中发出的那些冰冻法咒，已越来越弱，没过多久，便再也遏制不住汹涌的波涛。那位召唤土墙的道士早就力竭，已和余下的众人朝城门飞奔而去。

就在此时，小言再也憋不住了，哇的一声猛然喷出一口鲜血，几乎与此同时，已经触到他脚下的浪峰，猛然极力一蹿。于是，势若崩云的骇浪，染着鲜红的血雾，将空中已是精疲力竭的小言团团拖住。而此刻，两个女孩见堂主受了重伤，不知该攻该守，只是死力将小言极力向上拔擢。

就在她们与潮水抗衡之间，其余那些涛浪，却从她们脚下一路奔过，有如惊溃的野马群，朝浈阳城奔扑而去。一路上，这浪峰荡波涤尘，就连龙王庙前用来求雨的巍巍高台，一下子也被冲得七零八落。

在洪水横奔之时，虽然经得小言先前一番阻拦，大部分民众已躲到高大的城墙后面，但还是有少数腿脚不利索的百姓，在城门外苦苦奔逃。在此紧急关头，彭公急令衙中健卒，还有百姓中的壮实后生，冲出吊桥，冒死去接那些老弱之人。

发出谕令之后，彭县令一声长叹："罢了，没想到我浈阳县，竟惹上这样强大的妖灵！"

看着排空而至的洪水，立在城头的浈阳县令面如死灰。此刻，合县生灵俱危，他哪还顾不得上去想自己苦命的孩儿？而他身旁那些官吏衙役、士子平民，甚至道士法师，见到城外洪水滔天，也皆是嗒然若丧。

大旱多时的浈阳县，似乎又要被滔天的洪水淹上数月，目光尽头那三位好心为县中求来雨水的少年儿女，仿佛转眼就要被淹没。

深陷洪水之中，命悬一线之际，小言却只顾在心中自责："唉，我一人身死不要紧，却不料给浈阳县民们惹上这般大祸！"

濒临绝境之中，万念俱灰之际，他已无暇顾及，此时却有一样奇异的物事，恰如初生的花朵，正在小言胸前悄悄膨胀，悄悄绽放……

只过得片刻，便听见浈阳城上忽然有人一声大叫："县令请看！"

随着主簿这一声惊叫，云端中突然"咔嚓"劈下一道雷电，让昏暗的天地有如日照。

在这声雷霆之中，所有立在浈阳城头的官吏军民，看到浈水河畔漫天的风雨中，突然有一条金爪银鳞的神龙，从被一团水影裹住的小言怀中破衣而出，云蒸雾绕，鳞爪飞扬，朝浈水河滔天的洪水飞腾而去！

第十二章
龙飞剑舞，澄百里之波光

就在浊浪漫过堤岸，朝浈阳城急速奔腾之时，那位飘摇在浈水河浪花水雾中的昏沉女子，似从梦中突然惊醒，大声惊叫起来："樊郎，不可！"

这一声叫喊，从涛声中传来，已变得不那么清晰。但那个陷于疯狂的灵怪，听得这一声隐隐的惊呼，却突如被兜头浇下一瓢冰水。疯狂的灵怪，一下子便清醒过来。

浈阳城上军民看得分明，那些已堪堪够到奔逃者脚后跟的迅猛洪浪，突然生生止住奔扑的势头，然后竟如潮汐般瞬间退去！而那些后脑勺都已感觉到一股凶猛水汽的老弱乡民，就此死里逃生，一路连滚带爬地逃入浈阳城中。只是，他们虽然得救，但浈水河畔不远处那个急急吸住小言的浪峰，却仍然急涌如初，恰如一头饥饿的猛兽，不将眼前猎物吞噬决不罢休。

见得此景，彭小姐便又出声哀求道："樊郎，放过那个少年道士吧。"

"不行！"这次恳求，却被断然拒绝。樊川恨恨说道："润兰你有所不知，几百年间都没人能伤我一根毫毛，谁想短短两天内，那个臭道士竟敢伤我两回。这还罢了，更可恶的是，那牛鼻子小道士竟敢坏我俩好事！兰儿你别拦我，且待我将那臭小子摔个半死再说！"

樊川在这边愤愤不平之时，那边小言正在苦思着对策。

风头浪尖上的四海堂堂主，跟头顶上两个好心拉住自己的女孩说道："琼容、雪宜，你们先放手……待我使出……遁水法咒，好去与那恶灵厮斗！"

刚刚受了重伤，小言这凶狠话不免说得上气不接下气。一待说完，他便准备念咒入水，却怎料，头顶上两个女孩这回不但不撒手，反而更加死命地将他拉住！

"哥哥哥哥，你受伤了！"琼容的语气，从来没如此急促过。

就在这当口儿，正在小言心下好生不甘之时，却突然觉得似乎有人在自己心中轻嗤一声，然后便听得一声清啸，自己那把瑶光神剑，已然挣脱手掌，唰的一声飞空而去。

他展目看去，却发现自己那把神剑，已飞临到河中那圈稳如磐石的水栅上方，盘旋三匝，然后便一头扑下，将冰冷的刃锋架在彭小姐脖颈之上！

"不可！"见得此景，小言一声惊呼脱口而出。这一喊，自己胸口一阵血气浮动，差点儿又是一口鲜血喷出。

只是，其后的变化，小言却是没有料到。那位锋刃临颈的彭家小姐，却连一声都没吭，而那个灵怪更是粗心，一心一意只想着对付他，竟没看到身旁这关键的变化！

神剑一时未能奏效，正立在浈阳城头的彭县令等人，便看到眼前恍若墨缸倒倾的天地中，风雨如晦，云水苍茫，似乎再过不久，那几点隐约的身形，便要被这片灰暗的凄风苦雨吞噬。

几乎就在众人陷入绝望之时，突然听得从头顶云空中，"咔嚓"劈下一道雷电，瞬间照亮了昏沉的天地。紧接着，浈阳河畔已陷入困境的小言，蓦然觉得自己被雨水浪花打湿的胸口前，似乎正有什么东西在不停地绽放，仿佛有数十粒被雨水浸泡的黄豆，正在那儿开始萌芽。

小言正觉着前胸被挤得憋闷，眼前却忽然亮起一片炫目的光华。这片近在咫尺的神华是如此夺目，以至于直到那条金爪银鳞的神龙，已飞腾穿梭在浈水河滔天巨浪中，小言、琼容、雪宜三人才能将风浪中那个天地间至圣至灵的神物看清楚。

"那是……"第一次见到传说中的神圣存在，小言已全然来不及记起，那条神龙刚才竟是从自己身上破衣飞出！

和他相似，乍见了真龙现身，理应下跪膜拜的合县军民，却一时如遭雷击，只顾怔怔地看着昏暗天地中那片矫健飒然的绚烂神华。

遽然出现的神龙，环身萦绕着缤纷的瑞气，银须银鳞，金角金爪，蜿蜒的背鳍上则是一片玉样的光华，在婉转的身躯上不住地流动。

待这愤怒的水族王者一飞入浈阳河，便见原本已是波涛如沸的大河中，顿时激起千百道冲天的巨浪，一时间浈河中波如连山，浪击云霄！

在这一片势如崩云耀日的霄浪华光中，那个原本骄躁执着的灵怪樊川，突然觉着有一股恐怖的气息正迎面扑来，还未等他看清楚神龙样貌，只这几分气息，便已让他浑身一阵筋酥骨软！

乍见神物的小言还没来得及好好观看，便突见得眼前涛声如雷的浈水河，已然是云开雾散、浪静风平！

正惊疑间，小言却忽听"啪嗒"一声重响，然后便见眼前堤岸上，重重摔落一物。定睛一瞧，摔落之人，正是樊川。只不过，此时的樊川，已回复了那副平常模样，头颈四肢都被绳索捆绑，正仰面躺在地上动弹不得。

小言正不明所以，忽听耳旁一个熟悉的声音顺风传来："哼哼！神力如此不济，却还要来作怪！"

闻声看去，只见波平如镜的浈水河上，有一淡黄羽裳少女，正赤足凌波而来。

"小言，你没事吧!"来人行到面前，关切地问着小言。

"是你!"原来一脸关切的少女，正是那鄱阳故人龙女灵漪儿!

见着小言目瞪口呆，灵漪儿扮了个鬼脸，奇怪道:"咦？你怎么还挂在那儿?"

原来，刚才这番转折来得实在太快，以至于直到现在张堂主还被堂中那两个女孩有如丝瓜般吊在半空中!

"怎么是你?!"重新落回地面的小言脱口便是这句。

"哼！怎么不能是我?"龙女反问道。

"灵漪儿姐姐!"琼容上前甜甜叫了一声。

向来只被人宠的龙宫公主，听到琼容叫自己姐姐，顿时大为欢喜，上前抚着小姑娘发丝笑道:"还是琼容妹妹乖!"

小言这时才缓过劲儿来，朝眼前之人看去。此时的四渎龙女，额头一抹嫣红似火的珠贝缨珞，流苏垂额，柔黄襦裙上饰着光彩纷华的翠羽明珰，说不出的神采嫣然。

小言正准备向灵漪儿道谢，却突然觉得嗓子眼儿一甜，"哇"的一声，那口隐忍多时的鲜血，便蓦然喷出!

"啊!"见他吐血，众人一齐惊呼。

"不打紧，这血吐出来就没事了。"小言轻松一笑。他这话倒不是纯为安慰众人，这口淤血吐出后，他果然觉着整个人神清气爽了许多。

"快擦擦口角血污。"灵漪儿一边说着一边递给小言一方手帕。

"谢谢。"小言赶紧接过，朝嘴边胡乱抹去。

等擦完，小言看着沾染血点的手帕，才有些惶恐地歉然说道:"哎呀，灵漪儿你这手帕都被我弄脏了。我现在就去河边洗洗再还你。"

"哼，现在才想起来?告诉你，这手帕沾了血就洗不掉啦!"

"啊！那怎么办？"小言开始疑神疑鬼起来，不知道这娇蛮丫头会要自己怎么赔。却听灵漪儿说道："不妨事，反正这样的手帕我有好几百条。这条你留着用便是。"

"那敢情好！"小言不禁松了口气。

正在小言二人只顾说着这些琐碎事时，却忽听旁边一声怒喝："呔！你们将俺拿下，要杀要剐早点给个说法，如何只管叙旧，难不成存心羞辱本神?!"

"咦？"听到这声怒喝，灵漪儿这才记起旁边还有个被自己拿下的灵怪。听他这话，又看到小言胸口前斑斑血迹的褴褛衣裳，龙漪儿顿时大怒，回头娇声斥道："好你这小妖！既然你有骨气，本公主就成全你！"

说着，灵漪儿退后几步，把手一招，樊川便打横飞起，吧唧一下摔到小言面前。然后便听四渎龙女随意说道："小言，这灵怪就交给你了，随你处置！"

话音未落，那把刚才不知跑到哪儿去的瑶光神剑已飞回小言手中。

"这……"看着恶人被绑得如粽子般扔在自己面前，还任由自己发落，小言一时倒不知该如何处置。

此时，那些在浈阳城头的官吏民众，全都在极目朝这边观望。虽然，法力通天的少年道士放出豢养的神龙之后，妖灵似乎已被斗败，现在已是风平浪静、景气清和，但刚刚吃了那一番天大惊扰，彭襄浦他们死也不敢随便打开城门，再去围观看热闹。

再说小言，踌躇了一下，对上樊川那双满含恨意的双眼，倒反而镇静下来。便见他略微思忖一下，提剑上前，似乎就要有所行动。

"不要！"小言刚刚上前两步，却见一个女子打横里奔出，伴着一声哭喊，护在樊川面前。

"彭小姐，你这是……"

奔出之人正是浈阳县令彭襄浦的掌上明珠彭润兰!

忽见官家小姐护在妖灵面前,小言、雪宜几人顿时大为诧异。

却听这位刚被灵剑救上岸堤的女子,向他们俯首悲凄恳求道:"小女子求求道爷,不要杀我郎君!"说罢,便已泣不成声。

"郎君?!"初闻此言,小言大为惊愕。只不过,也只稍一愕然,他心中便立时雪亮。听了彭润兰这句话,小言先前心中所有的疑虑,便全都迎刃而解。略一迟疑,正待问话时,却忽听横倒在地上的灵怪厉声喝道:"润兰! 不必求他!"

听身后之人恨声连连,润兰止住悲声,回首说道:"樊郎,你若死了,我又如何能独活?"

"……你这又是何苦!"一听润兰之言,原本气势汹汹的灵怪,立时一声长叹,神情萎靡。

瞧着眼前这二人的情状,小言心中也不是滋味,便踏前一步,温言说道:"彭小姐,我暂时只想先问他几句话,希望他能据实回答。"

听得小言言语间似乎还有余地,彭小姐顿时便如抓到根救命稻草一样,一连声替樊川应承下来,保证他一定有问必答。见彭小姐身后之人也没反对,小言便开口问道:"樊川,你到底是何来历?"

一听问话,那灵怪傲然说道:"哼! 你这小道士听好,我便是西昆仑风雨之神计蒙后裔,现在南海水侯座下供职,为鼓浪兴涛之神,名叫樊川!"

"呀! 是个神灵!"乍听此言,小言倒吓了一跳,结结巴巴地确认道,"你……你真是海中神将?"

"那当然! 我又何必骗你。"

"那……你为何不在南海视事,却来这浈阳县兴灾?"

交过几次手后,小言对这个神灵,倒也不如何畏惧。

听他发问，这个被捆在绫带中的神将却似泄了气的皮球，黯然道："唉，不提也罢。本神偶因小事忤了水侯，暂被贬谪，一路游玩到此。"

接下来，在决计弄清事情来龙去脉的小言追问下，在场几人才知眼前浈阳县这场旱灾，倒不完全是樊川的过错。

原来，这个南海龙太子手下的贬谪神将为了散心，一个多月前游玩到浈阳县境，恰遇浈阳受了旱灾。他无意中循着水脉一路巡游，正好听到彭府千金在深闺照妆栏前，对着干涸的池塘，惆怅着自己的花样年华顺水而逝。之后，又听她凭栏鼓琴一曲，那副落寞萧疏的娇婉模样，落在同样愁闷落寞的南海神将眼中，顿时便惊为天人。

于是，满腔仰慕之情的贬谪神将，不管不顾地运起神力，立时让石泉喷涌如初，须臾便将见底的春池重又注满一池清水。

就在润兰乍见泉潮汹涌、欣喜万分之时，樊川破浪而出，踏波来到润兰面前，对着惊惶的润兰言明心意，更将自己身份如实相告。当他说完后，正觉着自己莽撞，心中惴惴不安之时，却见彭润兰看他情真意切，竟一口应允，就此结下情缘。

只是，虽然樊川与润兰二人你情我愿，倾心相许，但终非长久之计。两个情浓之人，竟都没勇气跟深重圣门礼仪的彭县令提及。

就在这时，为着合县百姓生计，彭县令贴出那张招贤许亲的榜文。这样一来，樊川便觉得是天赐良缘，这是个绝好的机会。毕竟，即使浈阳大旱是天灾，只要他这风雨之神的后裔运些法力，从境中四处河川中摄出些水降下，也不过是小事一桩。

而可笑之处便在此。因为要修葺龙王庙，彭县令组织的求雨必须延后几天，于是正陷于情感中的神将樊川，便患得患失起来，生怕老天爷跟他开玩笑，在求雨一两天前就突然降下雨水来，白白断送了他的姻缘。于是，这个南海神将近几天中，每日里昼伏夜出，夜夜都作法吸缚水汽，就连昨夜受伤也没间断。

听他说到此处，挡在身前的彭润兰，又忍不住哭泣起来，泫然道："樊郎，既然知道这几位道士法力高强，能将你打伤，为何今日还要来赴爹爹这求雨庙会？"

听她悲戚，粗莽的神将只柔声说道："润兰，我的心意，难道你到今天还不懂吗？"

听得此言，彭润兰看着小言手中古剑的锋芒，不禁大恸失声。

小言听清个中情由，再看看眼前这感人情状，原本准备好歹砍上一剑聊表惩戒之意的四海堂堂主，便实在下不得手。

不知如何是好，小言便转过头来，想问问灵漪儿的意见，不料，自己身后这三个女孩此时竟个个也是眼圈发红，眸中泪光隐隐。

见此情形，不用开口，小言也知答案。于是，他便退后几步，拱手说道："彭小姐，樊川兄，想来你们也非妄言之人，这次便相信你俩之言。"

说到这儿，小言转脸对灵漪儿说道："灵漪儿，还请你将法宝收起，把樊兄放开。"

"嗯，好！"灵漪儿欣然答应，将手一挥，那条捆缚在樊川身上流光溢彩的粉色绫带，倏然松散，如游龙般飞回到灵漪儿身上，缠绕在她腰腹间。

"这……这法宝是腰带？"看着那绺丝绫束在灵漪儿腰间，正垂下两头在她身周浮风而飘，小言咋舌不已。

见小言惊讶，灵漪儿甚是高兴，夸耀道："那当然，我四渎龙宫的腰带，自然不比凡俗！"

听了灵漪儿这话，樊川不由打量了少女一番，然后惊声呼道："你……你是四渎神宫的小公主'雪笛灵漪'？"

"正是！看来你这神将，果然有些见识。"灵漪儿闻言，傲然一笑。

樊川闻言赶紧施礼之时，小言却在旁边忖道："嗯，看来他还真是水中神将，那刚才所言又可信了几分……"

见小言出神，四渎公主灵漪儿便笑着对他说道："小言，怎么样？我上次说'雪笛灵漪'四海驰名，没骗你吧？"

"是是是！其实我也从来没怀疑过，只是没想到四海驰名的'四海'，是这个意思。"

这时琼容也来凑趣，嫩声嫩气地问道："灵漪儿姐姐，雪笛，就是小言哥哥那个神雪笛子吗？"

"是啊！琼容妹妹真聪明。"又见到这几人，灵漪儿正是心情大好。

见灵漪儿这副活泼模样，樊川却在一旁奇怪地小声嘀咕："早就瞧那笛子不是凡物，却没想到竟是闻名遐迩的四渎雪笛，也不知这少年道士，和总领陆上水系的四渎龙宫有什么关系。不过这四渎龙女，却有些古怪。传言她性情冷傲，不轻易与水族少年子弟亲近，怎么今日一见，竟如此活泼？但看她先前的龙族圣力，又绝非假冒。嗯，今日看到真人，却比水侯那儿的画像，竟还要美上十分……"

正极小声地嘀咕着，却没想到小言耳目甚灵，听到他这话尾，便问道："什么水侯的画像？"

见他相问，早已怨气全消的鼓浪兴涛神将樊川赶紧答道："我家南海龙族三太子，向来十分仰慕四渎龙女，便在一次水族神官聚会中，着丹青高手偷隐一旁，绘得一幅肖像，挂在书房中经常观看。"

听得此言，小言立时大叫起来："哇呀！没想到你家水侯还有如此作为！"

听得小言如此说，樊川尴尬一笑，不料紧接着又听小言压低声音问道：

"樊兄,不知那丹青高手家住何方? 我想去拜访一回,看能不能求得一幅副本……哎呀!"

刚说到此处,装模作样的小言,头上便被敲了一记!

第十三章
云舒霞卷，无事且吟春踪

满川烟雨，一朝散去，小言与灵漪儿几人，却再也兴不起任何恨意。

其实此刻，小言自己也觉得奇怪，为什么之前在滔天洪水中，自己还是满腔怒意，觉得就是将那人斩于剑下也丝毫不会怜惜，但刚才只不过听了樊川一席话，再看见彭小姐与他情深的情状，便完全改变了主意。难道是因为樊川是高高在上的神灵？似乎也不是。若他现在再想打一架，自己也完全没有怯意。

转过几个念头，最后小言只得在心中想道："嗯，说不定，这就是'以责人之心责己，以恕己之心恕人'吧。"

向来只顾大体的四渎公主，不知何故，这回竟也表现得颇为细心。听过樊川那番话，灵漪儿便主动提及，要传润兰辟水诀，以方便她与樊川在水中相聚，一起修炼长生之术。

虽然，南海鼓浪兴涛之神樊川也会这样的遁水法咒，但南海水侯曾经颁下严令，命麾下部众皆不得将水族法术传与凡人。因此他一直遵令行事，今日见四渎公主主动传授润兰法术，甚是感激。

对答之间，见樊川甚守本分，言语之间十分恭敬，想见也是面恶心善之人，于是善良的龙宫公主便许诺，说回头得空跟爷爷恳求一下，就让樊川当了浈水河的水神，反正他现在也正被贬无事。

灵漪儿这一许诺，顿时让樊川、润兰二人感激涕零。深谙个中惠泽，这个风雨之神的后裔拍着胸脯保证，以后一定要用自己法力，保得浈阳县年年风调雨顺。正是：

杏花疏雨过小楼，人间芳信最难求。

几番梦魂摇曳处，一川春水向东流。

小言又顺口问起这大旱天灾到底是何缘故。

听他相问，樊川想了想，便告诉他，这次浈阳县受灾，确是上天降下的灾罚。至于具体是何原因，只因天机叵测，他也不好妄猜。

听他这般说，小言便觉着有些奇怪。因为之前自己一路听闻，知道彭县令官声甚好，应不会有甚失德之处。不过又一想，父母官处事体恤宽仁，倒也未必总是美事。

想到此处，小言忽觉方才这番风波，能有这样的结果，也算两全其美。想这樊川处事雷厉风行，有他在此坐镇，即使浈阳县有些宵小，恐怕也再难做出甚大恶。

正当他想着心事，灵漪儿从润兰那儿了解到，小言跟她爹爹甚是投缘。于是龙女便说小言在老人家面前，总是装得很乖。还没等小言来得及喊冤，灵漪儿就逼着四海堂堂主答应，为了樊川、润兰能名正言顺地在一起，小言一定要替二人向彭县令说项，让他同意了这桩亲事。

对灵漪儿这番安排，小言自然没啥异议，当下便信誓旦旦地保证，说自己一定尽力办到。

两个心地简单纯良的少男少女却不知道,正因今日这一番美意,在日后一桩震动三界的滔天大事中,他二人才得了樊川夫妇的倾力相助!

小言此时又为一事疑惑,便开口问道:"灵漪儿,刚才见你给彭小姐传授辟水诀,为何只见一阵字形金色光影,朝她头上一阵涌动,传功便告完成?想我当年学辟水诀时,似乎费得好一番周章。"

听小言这么一问,一直颐指气使的龙族公主立即回道:"那是因为你笨呗!所以本公主才在百忙之中抽出时间亲身示范!"

说到这儿,灵漪似乎想起件重要事来,便招了招手,让小言一人跟她到一边说话。

见灵漪儿神色凝重,小言也不敢多言,赶紧随她到了一旁幽静处。只听灵漪儿兴师问罪道:"我问你,为何过去了好多个月,你总不拿出玉莲找我?你还记得我这个朋友吗?"

"呃……"小言听了这话,一时并未回答。

看着有些伤心的灵漪儿,小言半晌无语后,才悠悠叹了口气,说道:"灵漪儿,不是我不想找你。只是,每次我拿起你相赠的玉莲,便会想起你施法一次,就要昏沉两三个月,一定会大伤元气。即便我再怠懒,作为你的好友,又如何忍心将它向水中放下。"

听着自己口中一贯称之"怠懒"的小言,竟说出这番让人感动的话来,向来爽朗的龙漪儿难得温柔说道:"小言,其实我这几个月中,已将镜影离魂练得十分娴熟,每次施展之后,已不会再沉睡一两个月了。"

龙漪儿接着说道:"好了,事情圆满解决,我就先回去了。记得有空找我玩。"说完,凌身跃入浈水河中。

雨后初晴的浈水河,一改之前的粗野狂暴,变得如豆蔻少女般温柔。高天上,仍未散去的雨云,在碧蓝天空中结成各种模样,变幻莫测,如舟如峦,被天外的阳光一染，又如同傍晚才有的绚烂夕霞。

正看着水阔天空的涢河水面上忽听得有人轻轻呼唤："哥哥，灵漪儿姐姐走了吗？"

转头看去，发现说话之人，正是琼容。

小言答道："是的，琼容，你灵漪儿姐姐已经先回去了。我们也回去吧。"

"噢。"琼容应了一声，便牵着小言的手一起回到寇雪宜与樊川、润兰站立之处。见他俩归来，这几人便一起踏上了归途。

就在小言他们一齐回转涢阳之时，却不知头顶高邈的云天上，正有人目不转睛地瞧着他们。

过得一会儿，就听得那堆沉寂的暗紫云团中，忽然响起一个恼怒的声音："灵漪儿这死丫头，就会出风头，哼哼！"

稍停一下，语气又变得颓然："又……又被她比下去了，呜！"这句不甘心的话语，从天边一片紫色的暗影中传出，却丝毫看不到说话之人的踪影。

这话音刚落，暗影旁边一大团紫色的云雾，竟忽然幻化出一张大嘴，在那儿开口应道："主人别生气，那黄角小丫头如何能跟您比！依属下愚见，四渎小龙女也没甚好眼光，和主人您正好相反——"

"闭嘴！"一声娇叱，喝断吹捧的话。

见满腔好意只换来主人暴怒，这片能说话的紫云团顿时一阵战栗，抖落不少云片碎屑，再也不敢吱声。

这回还算幸运，自己这位恼羞成怒的小主人，现在两眼只顾着盯着大地上那个一心前行的身影，一时没顾得上惩罚它。

专心看了一会儿，这片紫色暗影中忽又发出女声，对身旁惊惧的云团说道："嗯，不用害怕，我看你说的也有几分道理。看来那龙丫头确实没什么眼光，我也看了好一阵，就是看不出这小道士有甚出奇之处！"

"当然当然，主人您向来明察秋毫！连您都看不出来，那就是没有了！"

对于属下的吹捧，紫影中人浑然不觉，还是只顾着从云隙盯着下方那人，心中暗暗想道："哼，我倒要看看，这小道士究竟是什么样的人。虽然本不关我事，但没眼力的灵丫头是我的死敌，已是众所周知，如果她竟和一个平庸少年做朋友，传出去也会连带坏了我的名声。"

就在这时，已被暗中盯牢的小言旁边那个娇柔怯弱的县令小姐，经了这番折腾，饶是春风和煦，也忍不住啊嚏一声打了个喷嚏。

见她寒凉，樊川自是问长问短，小言在旁边笑道："彭小姐如此，应是有人挂念了。"

听他这般说，琼容便扑闪着眼睛问为什么。小言告诉她，如果谁被人牵挂想念，便会打喷嚏。听了哥哥的话，小姑娘有些难过，说如果这样的话，那她从来没被人想念牵挂过。之后她的堂主哥哥不得不想尽办法对其好生安慰，力陈这只是传言，其实并不准——

小言说到此处时，高天云影中那人冷冷接道："很不准！"

只见琼容破涕为笑，欢叫道："哥哥你说得对，天上也有个姐姐说很不准哩！"

见琼容开心起来，小言不敢再追究她的荒唐言语，牵着她的手与其他几人继续赶路。

琼容被哥哥拉在身旁忙着赶路时，忍不住回头，满脸疑惑地看了天边云霞一眼。天上正有一条绵亘千里的云团，泛着幽暗的紫光，蜿蜒伸向天之西南……

南海神灵与浔阳闺秀的婚事，进展顺利得大大超出小言的预期。

小言原以为还要自己多费几番口舌，谁知浔阳县令彭襄浦，一听他字斟句酌地把事情说完，当即一口应允。

这位方正的彭县令如此好说话，倒让小言倒憋了一口气，许多精心准备的雄辩话语还没来得及说出口，便全被硬生生堵回。

此时小言与县令已甚是厮熟，便忍不住问他为何如此爽快。却听彭县令说，他对小言这样能呼风唤雨、飞剑驭龙的神仙人物，怎能不言听计从？再者，那樊川也是南海神灵，既然已与女儿情投意合，他又如何能反对？

说到此处，彭襄浦忽又想起一事，恍然大悟道："呀！到现在老朽方知，原来小女润兰最后求得的那一卦，说道'若有贵人提拔处，好攀月桂上云端'，这贵人，正是张仙长啊！"

听彭县令如此赞他，小言倒很不好意思，说道："彭公过誉了。如果说有贵人，应是我那位龙女朋友。她已答应，会尽力保举樊川担当浈水河河神，以保浈阳地界年年风调雨顺。"

听他这么一说，彭襄浦、彭夫人等所有在场众人，都合掌拊额称善，赞叹不已，若非先前小言、樊川一番言语吩咐，恐怕他们就要当场跪拜礼敬了。

此时，彭家小姐自然也对小言好生感激，明白前因后果后，之前对少年的偏见早就烟消云散。于是，彭润兰唤出当日给小言指路的那个慧黠丫鬟，跟小言说起杏儿当日尴尬之事，顿时就把这几人逗得乐不可支！

过得一两天，浈阳彭府中便张灯结彩，大摆筵席，为樊川、润兰二人操办婚事。自然，作为新人好友，小言和雪宜、琼容一起全程参加了他俩的婚礼。

两位新人成婚，小言除了将这次求雨得来的赏银尽数送出，又让琼容趁着她书法正好之时，在一对洒金红幅上写下新婚对联，作为他们的贺礼。这副一团喜气的对联写的是：

兰影浮光，皎月交明花烛夜；

龙躔应律，祥云直逼鹊桥天。

传说中，计蒙神龙首人身，于是小言便撰得此联。

他们送出的这副对联，被彭县令特地命人高高挂在婚礼画堂正中。南海涛神樊川，感念小言几人恩情，取出随身收藏的南海异宝火浣雪甲，赠与寇雪宜。

这件洁白如雪宛如素练的女式战衣，材料取自南海万顷波涛中一处仙岛，岛名炎洲。炎洲岛上有火林山，山中生有异兽火光鼠。这件雪色战衣，正是以其兽毛纺绩成火浣布，再由南海水域中巧手仙娘制成一套紧凑连体战甲，穿戴后可以不惧火烤，实为人间难得的护体异宝。又听樊川说，这件战衣若染污渍，寻常皂荚皆浣洗不得，只须在火中一烧便可。

这样的宝甲，樊川也只有一件，款式正合雪宜，遂赠与她穿戴。这位鼓浪兴涛之神如何看不出，小言身边清冷柔淡的雪宜生性不畏冰寒，只畏炎火，这火浣雪甲送与她护体正是适合。

相赠之时，见樊川甚是诚恳，小言稍微谦让几句，也就没多推脱，替雪宜收下了。

收下这辟火宝甲，小言得了些启发，便有些不解地问樊川，既然他是水族神灵，为何不替润兰找些辟水衣物。

听他相问，樊川便告诉小言，非是没有辟水衣物，而是他先前主上南海水侯严禁水族中人给凡人任何辟水之物，以免世人轻窥神界威严。

提到这儿，樊川又非常感激地告诉小言，说这次如果不是水侯仰慕的四渎公主撮合他与润兰，他也不敢像这样大张旗鼓。若无灵漪儿允诺，恐怕即使他求雨成功获得佳偶，从此也要藏头藏尾，与佳人一起隐遁僻远山林。

听他这么一说，小言才意识到灵漪儿给他俩帮了多大的忙。

又逗留一两日，寻得一个时机，小言便跟彭县令、樊川夫妇告辞，要继续踏上寻访上清水精的历练之路。

听说小言要走，彭襄浦倒没感到多少意外。毕竟涢阳池浅，难留住这样的神仙人物。只不过，因为还有桩心事未了，他还想多留他们几日。

于是，待小言说出告别话语，彭县令便恭谨恳求道："张仙长要走，下官自然不敢强留。只是能否请几位再多停留几天？我也好着人绘下几位神影，日后便能依样塑像，给您几位活神仙立下生祠，也好让治下子民逢年过节有个感恩拜祷的去处……"

听得彭县令这般说，小言顿时坐立不安，连连告罪，推辞不已。只不过，这回饶是他再三推辞，彭襄浦却仍是坚持不已。

见彭县令态度坚决，小言略一思忖，想到一事，微微笑道："彭公美意，小言心领，只是此事我实在消受不起，立祠后恐怕非但无福，反而会折寿。况且，小子不才，却还顶着本朝中散大夫的爵位，勉强算是朝中散官。若立生祠，实在僭越，恐怕会引得汹汹物议。"

"什么?!"彭襄浦一听"中散大夫"四字，顿时目瞪口呆!

告别了涢阳县，小言三人便随便选了个方向，沿着偏北的驿道随意而行。

经过一场春雨的浸润，天地间的景物已经清朗了许多。

行得半晌，经过一处乡村私塾，小言听见青竹掩映下的书塾中，正传来童子们抑扬顿挫的清脆读书声。

听着这些稚童整齐划一但显然不求甚解的诵书声，小言不禁回想起当年自己在季家私塾中，跟着小伙伴们胡乱念诵晦涩诗文的好笑情景。

"呵！那时还真是有趣啊！"

第十四章
幽堂春黯，心静清听自远

离开浈阳县，过得一两个城镇，一路上看到的小山丘变得多了起来。在驿道上行走之时，远处野地里常有一座座连绵不断的山峦，随着他们的行进而蜿蜒起伏，仿佛在陪伴他们一路同行。

此时正是四月天里，春深时候。四下碧野中，杂花生树，莺鸟乱飞，满眼山花似海，晴丝如烟。拂过春野的清风，裹挟起无数花香草气，混杂成一股清醇芳郁的甘酿，朝烂漫烟景中的行人迎面扑来。

第一次畅快随心地在春日中行走，昔日常为生活奔走的小言才第一次明白，为什么书中常说"春景如诗，春光如酒"。

以前，他总以为这只不过是文士们纯为编排词藻。春光如旧，今日他已渐渐脱离了愁苦岁月，完全放开了心怀，才真正领略到阳春烟景的动人之处，不由赞叹古人诚不我欺。

渐渐地，行得远了，路途中就很难再碰到其他行人。

此时的驿道，已渐渐偏向西北，慢慢蜿蜒进高大连绵的山岭中。看样子，还要走很长一段山路，才能到有人烟的地方。

走进山中，春景又有不同。寂静的春山中，雀鸟空啼；无人的野径里，繁花自落。偶有山风吹过，那些不知名的林树上便花飘如雨。

走了没多久，小言、琼容、雪宜三人身上，便落满了或粉或白的花瓣。

花枝横斜的山径上，此刻还翩翩飞舞着许多斑斓的彩蝶，引得那活泼的琼容在小言、雪宜二人身前身后不住地跑跳，努力想跟上某只好看蝴蝶的翩跹身影。这些花间的精灵，飘忽无定，便引得琼容轻盈的身姿，也如同花间蝶舞。

看着这小女孩快乐的身影，小言心中油然生出几分感慨。一年多前，同样是这样灿烂的山野春景，这个心底纯净得如同水晶般透明的小姑娘，却要与山中鸟兽为伍，默默忍受着那种不能言说的落寞孤独。

一年的时光，足以改变许多人的命运与心境。此时身处这片灿烂春光中的饶州少年，无论如何都不能理解，为何当日的自己，竟能够狠下心肠，真就将这样一个女孩留在那片竹影深深的罗阳山野里。也许，那时自己那么做，也是有一定道理的，可现在无论怎么想，都觉得不可思议。

想着想着，小言又开始迷惑起来："难道，有时候我真是个坏人？"

正在小言满心愧疚之时，那一直默默行走的雪宜见他神色恍惚，便忍不住启齿相问："堂主，是不是有些累了？"

听雪宜问起，小言从虔心忏悔中清醒过来，定了定神，笑笑说道："呵！不是。我只是在想琼容以前的一些事。"

说罢，便侧脸看了看旁边的雪宜。这时他才发现，寇雪宜的鬓间肩上，已落满了花瓣，缤纷的落英，给这位清冷的冰雪花灵平添了几分妩媚之色。

目睹此情，小言忍不住赞叹道："雪宜，你这时才最像花中的仙子！"

正忙着扑蝶的小丫头，听见哥哥称赞雪宜姐姐，便赶忙蹦到小言身旁，一边跟上步伐，一边扯着他衣袖急急问道："我呢我呢？"

"你啊……"小言歪头，略略思索了一下，点了一下琼容的鼻子，笑道，

"琼容你最像一个哥哥想甩也甩不脱的可爱小精灵!"

"真的吗?太好了!"听得哥哥评语,琼容信心大涨,脆声欢叫道,"看你怎么甩脱我!"然后张开手臂,继续朝刚刚那只可爱的蝶儿奋力追去!

就在不知疲倦的琼容一路追玩蝴蝶时,不知怎么,小言忽然提起小时候和伙伴们采摘花枝、编戴花环之事。

刚一说完,他便立即发觉自己失言,刚跟雪宜道歉一两句,却见她已嫣然而笑,如春风一般长袖轻舒,不知用什么法力,竟将山道旁凌乱的落叶飞花回旋聚起,凭空凝成一只粉绿相间的花环。

小心翼翼地捧下花环,递给小言,雪宜问道:"雪宜手艺粗陋,不知可合堂主意?"

片刻之后,春山道路上的上清四海堂三人,便全都戴花环而行。

一路嬉玩笑闹,浑不觉旅途岑寂,不知不觉中,时间过得甚快。待小言三人走出这座绵延十数里的高大山峦时,天光已经完全暗了下来。

虽然暮色浓重,但此刻仍在野地中,前不着村后不着店,小言只好硬着头皮,和二人继续前行。

幸好,天上星月交辉,将眼前丘野中的道路照得甚是分明,不用担心一不留神碰到啥坑洼跌倒。至于猛兽什么的,倒不在小言考虑范围之内。毕竟,自己这一年修行下来也不是全无功夫,现在这些寻常凶兽,自己不去主动招惹,已算是它们万幸。

又走了一阵,看到前面不远处山脚下,傍山蹲踞着一座庙宇。

借着皎洁的月色,小言微一凝目,便看清了庙宇匾砖上錾刻着的三个字:山神庙。

"好,今儿个这儿便是咱们的落脚处!"一声中气十足的招呼后,胆子甚大的小言便带着两个同样不知惧怕为何物的女孩,朝荒郊庙宇中走去。

走到庙前，才看到破败的山门缝隙中，隐隐漏出一线火光。戒备着推开庙门，才发现这座不起眼的山野破庙中，竟聚着七八个衣衫褴褛的年老乞丐。这些眼光浑浊的乞丐，正在半截蜡烛的微光映照下，分享着白日乞讨来的残羹冷炙。看样子，这座破落的山神庙，正是这些困苦之人的栖息之地。

听得"吱呀呀"一阵门响，又忽见三个衣裳整齐的少男少女闯进来，这些正在默默喝着瓦罐中汤汤水水的乞丐，顿时吃了一惊，眼中尽皆露出警惕的神色。

突然看到许多人出现在面前，小言也是惊了一跳。只不过，待用目光团团一扫，他就立时明白了，眼前这些人只不过是些苦命乞丐，应是无害。于是过了没多久，从小惯在市井底层行走的小言，就与这些乞丐打成了一片。

这些托身荒庙的乞丐，初时见到小言几个还十分畏惧拘谨，但待听他说得一阵，发觉这个衣衫楚楚的少年对市井之事竟十分谙熟，话语交接中又自然而然流露出几分亲和之意，于是便放下了拘谨敬畏之心，壮着胆子开始搭起他的话来。

琼容、雪宜两个女孩儿，一向不惯与陌生人说话，于是便隐在小言身后，一言不发。

聊得一阵，小言见这几个行乞老人身上衣物破败不堪，心中好生不忍；又见他们面前地上的那几只破罐中，充作晚饭的汤水已被喝得一滴不剩，心中便更是酸楚。当年，他也常遭这样的饥馑困苦，现在看在眼中，更是感同身受。

于是，也不多言，他便解下背后的包裹，将昨日在集镇上买来的那件圆团包裹之物，摆放在面前青砖地上，说要烹与众人食用。听他如此说，乞丐们便蹲成一圈儿，好奇地看着他如何摆弄。

就在众人不解的目光中，小言取过那支蜡烛，将这一团之物的底部点

着,然后放在青砖地上,任它自己燃烧。

过得半晌,这些莫名其妙的乞丐惊奇地嗅到,从眼前这团火焰中,竟飘出一股扑鼻的肉香味!

终于,等外面包裹之物燃尽,满含期待的众人看到,面前地上那些不多的白色灰烬中,竟然卧着一只吱吱响着冒着肥油的烧鸡!

原来,小言这干粮,算是件新鲜物事。包裹之物中,本是一只肥大的半熟烧鸡,拿盐末等佐料预腌过,一时不会走味败坏,然后店家再在烧鸡外面层层裹上特选的干树皮、红毛草,制成半成品。食用时,只要有星点儿火种,便很容易烤出一只肥美烧鸡,恰如刚出炉一般,特别适宜旅人途中享用。

当时,在店铺中一看到这件新鲜物事,小言便立即决定买下一只,以作干粮之用。现在,正好派上用场,给这些饥饿之人享用。

做梦也想不到竟能吃上这般美味的乞丐们,一时都感恩戴德。一番少有的细嚼慢咽后,这些充满感恩之情的贫苦人,便自动聚到破败山门处,用自己佝偻的身躯,为这几个好心的少年挡住山野吹来的寒凉晚风。

见他们这样,小言心下惶恐,几番推托辞谢,但最终还是拗不过这些乞丐的好意,只好怀着几分感激,与琼容、雪宜二人和衣靠在温暖的神案旁,打起了瞌睡。

"唉,其实我们这些贫寒之人,是很容易满足的……"在小言这样的沉思中,萍水相逢的人们,就要在位于广袤山野的这座孤零零的荒庙中,度过一个平和而温暖的夜晚。

只是,当夜色深沉,透入庙门的月影渐拉渐长、渐渐东移之时,半梦半醒中的小言,却突然敏锐地捕捉到一丝异样的响动。昏暗庙宇外,仿佛有什么人在环绕奔走,似乎无比忙碌,却又完全悄无声息!

正努力侧耳倾听时,这缕隐约传来的异动,却又突然停止,于是刚刚似乎被隔了一层薄膜的林叶响动声、山鸟宵啼声,重新无比清晰地传入小言耳中。

"怎么回事?"就在小言心中惊疑之时,他那无比灵敏的耳朵,听到四五里之外,正有个刺耳的怪声在放肆地大笑:"哈哈!今晚本贤又积下功德,为这世间净化去几个浊胎贱民!"

第十五章
漱凡洗俗,求证尘间净土

这一句放肆的话语,声调不高,却透着十足的张狂得意,虽然听起来隔得很远,但仍是穿透了晚风,一字字无比清晰地传入小言耳中。

这人话音刚落,就听另一人接荐赞道:"那是自然!罗贤师出手,当然手到擒来。更何况罗兄最近已练到三花聚顶的境界,与那回在浈阳时又有不同……"

一听"浈阳"二字,原本还有些困劲的小言猛然一惊,暗叫一声:"不好!"

正在他霎时跳起想要叫醒众人时,便听到轰隆一声闷响,然后便见破庙窗外火光冲天而起。只听得一阵毕毕剥剥之声,片刻工夫,那竹木窗棂就被吞吐的火舌舔了个一干二净!

这场突如其来的烈火,凶猛程度大大出乎小言意料。还没等他喊得几声,便见那几个倚靠在庙门边的乞丐,被门外那股汹汹火浪一下子冲起,如麻袋般朝他这边抛来。

猝不及防之下,饶是小言眼疾手快,也只能勉强缓了缓就近几个老乞丐的跌落之势,然后他就被冲撞得噔噔退了四五步,咣的一声,跌在地上。还没等爬起,小言便忍着疼痛,在熊熊火苗舔到自己身躯之前大喊道:"琼容快泼水!"

一听哥哥叫喊,睡眼惺忪的小姑娘恰似本能反应一般,在方圆不到一丈的山神庙神案前,猛然降下瓢泼大水,霎时将凶猛火舌一下子浇灭!

见火势止住,琼容踩着兀自冒着青烟的砖石,奔到小言身边,一脸担心地问道:"哥哥快让我看看眉毛烧掉没!"

"……应该没。琼容你快把庙外的火也灭了!"

这时虽然左近火苗也无,但庙门外还有熊熊的火焰,正朝门槛内不时探来。虽然这山神庙由砖石砌就,但被烧得久了,难免会塌。

听小言吩咐,琼容"哦"了一声,便专心致志灭起火来。不一会儿工夫,原本气势汹汹围着山神庙的火场,便已被谙熟泼水法术的琼容完全浇灭了,连一个火星儿都不剩。

止住泼水泼得兴起的小姑娘,又抹了抹脸上的水渍,小言赶紧趋身向前,要看看这些乞丐的伤势。却不料,他们已全都翻身跪倒,朝自己这边不住叩头,口中"神仙神仙"地叫个不迭。

见他们这样,小言正要阻止,却突然想起一事,立时眉毛一扬,背后那把封神剑便如猛虎出笼般一声清啸,从鞘中倏然飞出,朝庙外夜空中呼啸而去。

脱鞘的神剑,在月夜星空中来往飞腾,仿佛一只寻觅猎物的夜鹰,在山野上方不住地盘旋往复。与此同时,伫立庙中的小言面容凝肃,双目紧闭,一缕神思正与飘忽回旋的瑶光牢牢相系,察看方圆五六里内的每一寸土地。

过得约半炷香的工夫,一直闭着双目的小言睁开眼眸,朝周围那几个大气都不敢出的乞丐们说道:"抱歉,没能找到纵火贼徒的踪迹。"

说话间,那把封神剑已从户外飞来,带着一缕风声,不偏不倚地插回到小言背后那只鲨皮剑鞘中。

见到如此神通,这些乞丐又如何会去琢磨纵火贼之事?他们现在只顾得上在那儿口呼神仙上师!

经得这番折腾,山神庙里所有人都没了睡意,勉强挨到天明,小言便让这些死里逃生之人,去南边的浈阳县讨生活。带着"活神仙"赠予的银两符咒,这些乞丐们便千恩万谢地上路了。

看着他们蹒跚离去的背影,小言心中忖道:"现在浈阳有樊川日日坐镇,应该没啥宵小敢再去作乱了吧?现在看来,昨晚这恶徒应与浈阳龙王庙那场大火脱不了干系。"

想到此处,又记起彭襄浦曾说过,浈阳龙王庙那场大火,烧死了好几个残疾乞丐。一想到这茬儿,向来面色平和的清朗少年,脸色一下子阴沉下来。

见他这样子,就连琼容一时也不敢开口问他。

小丫头满腹奇怪,忖道:"哥哥怎么突然变得这么不开心了?以前即使买东西谈价钱,不小心被坏蛋掌柜骗到,好像也没这么难过……"

小姑娘正疑惑时,却见她的小言哥哥脸色忽又变得轻松起来,朝她俩开颜一笑,说道:"雪宜、琼容,这次咱们四海堂,又要去斩妖除魔了!"

"好!"见哥哥开怀,小丫头一声欢叫,盖过了雪宜姐姐轻柔的应诺。

看着琼容雀跃的模样,小言心里又转过一个念头,遂又添了一句:"琼容、雪宜,这回你们一起帮我看好,别又错打了好人……"

"是!"又是兴奋得脸蛋儿通红的小丫头抢先回答。

听过小言嘱咐,琼容这一路上便不再玩闹,反而皱着小鼻头不时嗅探,看样子是想要像追踪哥哥一样,靠气味找到那些坏蛋。

开始时,见小琼容沿路嗅闻,小言还满怀期待,过了一阵子忍不住询问:"琼容,找到妖人踪迹了吗?"

"没！只闻到花儿很香，就像雪宜姐姐身上的一样。"只得出这个结论，琼容颇有些沮丧。

见她如此，小言安慰道："没关系，我们再想其他办法。"

"哦！可是，我只知道这个办法呀！"于是琼容继续嗅探去了。

走了大约一个时辰，小言三人来到一个集镇。这个镇子的入口，耸立着一座高大的竹门。竹门正中悬着的那块木牌上，用黑漆端端正正地写着"巧家镇"三个字。许是被风吹日晒久了，这块木牌已皱裂枯白，但镇名犹新，应是经常有人替它描画。

这个集镇颇为繁华，在小言一路所见的村镇中算是数一数二。

与其他多雨地域一样，此地民居多为粗大毛竹构成的吊脚楼。镇上来来往往的行人，服饰各异，看样子应是汉瑶杂居。

一路行来，小言也算了解到不少风土风情，知道襟边袖口绣着精美花纹，发丝结成细辫盘绕头上，再围以五色细珠链的，便是瑶家女子了。那些瑶家男子，则蓄发盘髻，青红粗布包头，裤脚宽大，衣外再斜挎白布坎肩。

逛得一阵，小言蹲到一处银饰摊前，和琼容、雪宜一起挑拣，看有没有合适她们佩戴的首饰。

就在小言捏起一对银耳坠征求雪宜意见时，忽听身后有不少人错落叫喊起来："金钵上师又开坛说法啦！大伙儿快去听啊！"

"金钵上师？"转眼看看身后，发现街边原本闲散的行人，现在已如潮水般朝集镇西边涌去。

见此情形，小言有些好奇，便向面前这个瑶家摊主询问金钵上师到底是什么人。

听他相询，那个瑶族汉子便操着生硬的汉话，跟小言这位外乡客人解释了一句："这位金钵上师可了不得，佛法无边，是咱净世神教的上师！"

说这话时，汉子一脸崇敬，仿佛只要提到"金钵上师"这四个字，便已是无限荣光。

"净世神教?"第一次听说这个教派，又见摊主一脸崇拜之情，小言便颇感好奇，略略多问了几句。

只是，瑶家汉子的汉话并不熟练，又忙着收摊去听金钵上师演讲，小言也就没能再多问出什么话来。

看着这个汉子只把满摊的银饰囫囵锁到一只小木箱中，便不管不顾地跟着人潮向镇西口跑去，小言忍不住又将"净世神教"四字在心中咀嚼了一阵，然后招呼一声，带着琼容、雪宜跟在人群之后朝镇西涌去。

到了镇西，发现在竹寨门之外搭着一座两丈多高的高台。台上一位身着雪白衲袍的年老禅师，正在台上语调和缓地说法。在他身后，还有几个白衣汉子，低眉顺眼地垂手侍立一旁。

此时，那座毛竹高台前已挤满了人，里三层外三层，围得密不透风。

见当地民众如此踊跃，小言也是兴致盎然，想看看台上那位慈眉善目、白须白眉的金钵上师如何讲法。认真说起来，虽然他对诸子百家颇多涉猎，但这佛家义理，只是约略看过一些，浮光掠影，其实并不十分知晓。

此刻自己站立之处，离那高台很远，他也没特意凝神去听，但台上那位金钵上师的话语，却还是一字不差地传入自己耳中。

"不错不错，看来这老禅师受人尊崇，也不是全无道理。"见那僧人颇有门道，小言打起十分精神，仔细听他说法。

只是，待听得一阵，小言却有些失望。原来，那位金钵上师虽然语气和缓温厚，言语间的感染力也很强，但究其内容，却大体只是劝人向善，抑或是如何积攒功德之事。虽然这些也都是值得宣扬的名教义理，但此时金钵上师讲来，却颇为注重那些细枝末节，时间久了，小言便听得有些昏昏欲睡。

不过，无趣之余，让他颇感奇怪的是，虽然台上之人所言琐碎，也不是十分精妙，但台下众人却个个听得如痴如狂，全都目不转睛地盯着台上那位讲法的禅师。

见此情形，虽然心中略感遗憾，小言还是真心称善："善哉！虽然这位禅师并未阐释多么精深的义理，但却宣扬了与平日言行息息相关的操守德行。"

过不多时，台上金钵上师的宣讲便告结束。之后，那些一旁侍立的白衣汉子便拿出几叠麻纸，如雪片般朝台下四处抛撒。

接过琼容跑去捡来的一张纸片，小言发现上面宣传的正是先前瑶家汉子提到的"净世神教"。一番极富感染力的文字之后，便言明若要入净世教，只需缴纳五十文钱便可。

"五十文？好像也不便宜……"正在心中盘算价钱时，忽见一个白衣汉子凑过来，热情地要拉他们几个入教。

原来，这个净世教教徒，见这几个俗家打扮的少男少女衣冠楚楚，便热心大起，卖力地鼓动他们入教。

在小言记忆中，即使是最热心推销货物的商家，与眼前这个净世教教徒的阵仗一比，也要失色许多。见这人如此热情，小言虽然丝毫没入教之心，却一时也不好意思就此拂袖走开，只得很有礼貌地耐心听他宣讲。反正，自己也正想了解这净世教究竟是怎么回事。

一番听讲下来，四海堂堂主惊讶地发现，眼前这个净世教教徒的口才，竟不在自己之下！

听他一番摇唇鼓舌，小言对这净世神教渐渐有了些了解。

原来，这净世教教义宣称，眼前这人世，其实前后要遭三次劫难，依次为青阳劫、赤火劫和寒冰劫。世人若能渡过这些劫难，便会成神成佛。

青阳劫，正是上古天现十日之事，人世已经历经。眼下这世道，正处在赤火劫来临之前。若到了赤火劫之时,天空就会现赤红字星,然后便有红莲业火出于天地山川之间,焚尽世间一切浊胎污秽。到那时,高山尽皆崩塌,陂塘全都焚毁,世上之人将避无可避,逃无可逃。

"啊!那该怎么办?"听他说得可怕,琼容忍不住一脸惊慌,捂嘴惊呼,她的雪宜姐姐却仍是淡然。

见小姑娘惊惶,那白衣教徒正好接过话茬,哈哈一笑道:"这位小妹妹不要担心。这些红莲业火,只会烧死贪婪之众,而入我净世神教的,都是皇胎圣民,不仅不会有事,反而还会应劫成仙成佛。"

说到此处,这个净世教教徒一脸兴奋,舔着嘴唇略带神秘地说道:"你们不知,上次青阳劫,主要渡的是道尼;这次赤火劫,就轮到咱净世神教的教民啦!"

"原来如此。"听到此处,小言觉得有些饿了,便接过话茬说道,"多谢这位大叔讲解。不过我们几人并无心入教,十分抱歉!"

见小言转身就要离开,那个净世教教众赶紧将他一把扯住,急急说道:"这位小兄弟暂且留步!听我一言,咱不能只贪图眼前的美食。如果劫难来到,任你有怎样好皮囊,也都会——"

这汉子刚说到一半,便见眼前少年微微皱眉,他赶忙换了个和蔼语调,对这位身后背剑的富家少年游说道:"其实少侠不知,入咱净世教,主要还是为了行善事。况且入得教来,所有人亲如一家,互相都以兄弟姐妹相称,如果受了外人欺侮,则——"

他刚唠叨到这儿,小言便忍不住截住话头:"大叔,不必了,我和这俩女孩,已经兄妹相称了,如果有谁受欺负,也都不会袖手旁观。对不起,我饿了,咱这就告辞。"

说完,小言便抛下一心鼓动他们入教的白衣汉子,朝镇内食幡飘扬之处扬长而去，留下白衣汉子在他们身后，目瞪口呆地看着他们绝尘而去的背影。

在小饭馆中享用瑶家菜肴之时，小言不免又想起上午经历之事。

忽然，不知想到什么，小言手中竹筷蓦地顿住："皇胎圣民？净世神教？"

此刻小言心中，正记起昨夜听到的纵火贼徒的一句话："今晚本贤又积下功德，为这世间净化去几个浊胎贱民！"

愣了半晌，小言这才如释重负地吐了口气，重新不慌不忙地给琼容夹起菜肴来。

约莫下午未时之末，巧家镇外一处幽暗的桃树林中，有两拨人起了激烈的争执。

争执一方有六七人，有男有女。此刻，为首那个浓眉大眼的精壮汉子，正一脸怒色地朝对面之人大声吼道："金钵僧！好歹你也算佛门弟子，难道也要学市井泼皮仗力欺人？"

原来，站在他对面那人，正是午前在高台上演讲的金钵上师。此刻，这位慈眉善目的白眉僧人，孤身一人立在这几个气愤难平的青壮男女面前。

虽然，此刻对方人多势众，气势汹汹，但金钵上师夷然不惧，依旧以一副不紧不慢的语调和蔼答道："邹施主，您误会老衲了。贫僧只是觉得，你们阳山县这些祝融门弟子，若并入我净世神教，便可一展你们的长处，一起来净濯这世间的污秽，减少劫难到来时的损失。这正是天大的好事，邹施主为何还要这般执着？"

说完，净世教的上师突然语气一转，说道："邹彦昭，上次的约定你们只管拖延，可我教中兄弟，却都等得不耐烦了。今日本净世上师受他们相托，无论如何，你们都得给我个交待。"

听了金钵上师这直截了当的话，那个一直愤愤不平的祝融门人，反而软了下来,好言说道:"金钵上师,上次贵教来时所说之事,真急不得。须知虽然在下是本门在阳山县的巫祝,但这么大的事,也不是我一个人能说了算的。所以,还要恳请禅师再宽限几日……"

"哦?"听他这番解释,那金钵上师不动声色,略略应了一声,便不再答话。

见他沉默,邹彦昭心中倒有些吃不准,正准备再补上几句时,却见金钵僧忽然从袖中取出一只铜钵,对这边平心静气地说道:"诸位施主,不知可听说过我这钵的名字?"

"贫僧这只师门法宝,正唤作金缺锁魂钵。"话音未落,就见他手中那只黯淡无光的灰黄旧金钵,突然一阵金光闪耀,霎时就见金钵边沿那几个豁口,已闪亮得如同交相错落的锋利獠牙。

就在众人错愕之时,缺口金钵嘤的一声蓦然飞起,在众人头顶上急速旋转,不停向四下洒射刺目的金芒!

就在此时,还没等邹彦昭反应过来,只听嗖的一声,恍惚间便见身旁有一道黑影飞起,然后就没入那片金色光华中,悄然不见。

一惊之下,邹彦昭心知不妙,转头一瞧,发现原本站在身旁的高兄弟已然踪影全无!

"你!"惊怒之际,邹彦昭紧咬口中牙,将手奋力一扬,便有一道火影巨蟒般朝对面僧人迅疾噬去。只是,就在这条火蟒刚刚游出时,头顶那只盘旋不已的金钵,便应声洒下一片金光,将他放出的火焰消弭于无形。

目睹此景,邹彦昭脸色一片煞白。

见他面容惨淡,金钵僧哈哈一笑道:"邹彦昭!就凭你这法术,如何能救回你的兄弟?嗯,其实认真说起来,老衲也敬你颇有自知之明。你等莫欺我不知你们心意。你们百般推脱拖延,无非就是想等教中好手赶来,赢得赌斗。只不过,天下哪有这等便宜事?今日你必须给贫僧一句交代,究竟答不答应预定之期。"

说这话时,虽然金钵上师语气平淡,内中语势却甚是咄咄逼人。

点破关窍之后,见祝融门这个巫祝还有些迟疑,金钵僧冷冷一笑,指着头顶回旋不止的金钵说道:"邹施主,虽然我这法器名字吓人,但被收之人一时三刻也不会丢了性命。只不过阁下这样拖拖拉拉,恐怕最后你这个兄弟就要变成一摊血水了。罪过罪过,阿弥陀佛!"

见对面白眉僧人合掌念佛,这些个祝融门、红帕会的当地首脑人物,全都面无人色。

此时,错落的桃树枝叶遮住了天日,让靠近桃林边缘的空地竟显出几分阴森森的鬼气,他们头顶那只盘旋呼啸不已的金钵,洒下的亮黄光芒,看在众人眼中也带上了好几分阴惨的颜色。

"罢了,看来无论如何都得答应了。"看着眼前实力悬殊的场面,邹彦昭暗叹一声,心说今日无论如何都拖延不过去了。

就在他正要开口应承之时,却冷不丁见又一道黑影在空中掠过。

"啊?!"邹彦昭大惊,赶紧转头检点,发现人手没少,再看对面金钵僧,他也是一脸愕然。

正惊讶间,忽听林外传来一个小女孩兴冲冲的声音:"哥哥,看我捡到一只碗!"

"啧?!"听到这句话,林中众人才如梦初醒,忍不住朝头顶看去,却见那只原本威势十足的金钵,已不见踪迹!

正在众人惊疑之时,又听林外传来一个少年略带威严的声音:"琼容啊,我不是跟你说过,不要随便捡别人的东西。尤其还是这样豁了口的破碗!"

第十六章
火内栽莲，无非短命之花

正当幽暗桃林中众人僵持之时，林外忽然传来这两句话，顿时让林中这些人面面相觑。与祝融门邹彦昭等人不同，金钵僧只稍稍愣了一下，便猛然拔起身形，穿枝拂叶，瞬间飞到林外。

来到林外，金钵僧不看则已，一看之下，差点儿没把自己的肺给气炸了。那个被哥哥呵斥的小姑娘，正颠颠跑到一边，将他那只现已黯淡无光的宝贝金钵，如同弃履般扔到道路一旁！

原来小丫头已忘了刚才自己是从哪儿捡来这碗了。

见此情形，金钵僧顿时又惊又怒。怒的是，这几个不知天高地厚的少男少女，居然这么不识货，口口声声将他师门至宝说成破碗；惊的是，师门这只金缺锁魂钵，实非寻常法宝，平常人就是想要近身也不行，却没料到，今日竟然就在它祭在半空之中、正是威力最强大之时，被这来路不明的小丫头无声无息地抢走了！

"难不成，这几人是存心来搅局的？"所谓关心则乱，疑心又生暗鬼，见到眼前这几个少男少女的言行举止，金钵上师立即就将他们往祝融门上联想。事不宜迟，就在琼容刚将金钵置于路边杂草中时，金钵僧立即一声召唤，只听呼的一声,他又将师门宝贝祭在半空中。

见着金钵重新金光四射呼啸连连,金钵僧胆气大壮,抖动着胡须恫吓道:"你们是何人?竟敢与本教作对?!"

这时候金钵僧也顾不得装什么道貌岸然的姿态,毕竟,所谓高僧风度,也只有在比自己实力更弱的对手面前,才能安心保持。

听他这气势汹汹的逼问,纯粹路过的小言一愣,稍一打量,便惊讶说道:"这位不是金钵上师吗?"

小言稍微一瞧,已认出眼前这个气急败坏的老和尚,正是之前在巧家镇镇西演讲的净世教金钵上师。

忽听小言提到自己法号,金钵僧更是警觉,沉声说道:"不错,正是贫僧。你们几个——"

话刚说到这儿,却被人从中打断,只听那个小女孩忽然又欢声叫道:"哥哥,这真的是只会发光的碗!"

金钵僧闻言一惊,暗叫不好,慌忙转头看去,果不其然,自己那只原本在半空中滴溜溜旋转的金钵,不知何时又落入小姑娘手中!

"你们……"亲眼目睹这一幕后,金钵僧已惊得说不出话来。

见他脸上肌肉扯动,神情古怪,小言赶紧跟小女孩说道:"琼容,不可胡闹。这碗可是金钵上师的法宝,你看把人家气成啥样了?"说着,他拿过小女孩手中重新黯淡的缺口金钵,就想要物归原主。

就在他刚跨前一两步时,忽听金钵上师身后传来一声大叫:"少侠千万不可将金钵还给这凶僧!"

"嗯?"小言闻言止步,朝金钵僧身后望去,看到有六人从桃林中走出,朝这边疾步奔来。

须臾间,这六七个男女就将小言几人与金钵僧围了起来。

只听为首的那个粗眉汉子大叫道："这位少侠，请为我们祝融门主持公道！这净世教的恶僧，刚用邪法将我门中兄弟收入这破碗中！"激动说话之人，正是祝融门本地巫祝邹彦昭。

本已是山穷水尽之际，谁料斜刺里杀出这几位法力高深的少年侠士，邹彦昭顿时就像抓到根救命稻草一样，心说无论如何都要抓住这个机会搏一搏。

听他这么一说，一身俗家打扮的小言愣了一下，问道："祝融门？你们是祝融门的？"

邹彦昭见小言一脸愕然的神情，突然有些后悔，心说也不知这少年和本门是敌是友，只好小心翼翼地问道："不知少侠可曾听说过鄙门名号？"

正在邹彦昭暗责自己莽撞之时，忽听那个小女孩惊奇地说道："哥哥，这里面真藏着一个人呢！"

话音刚落，便见小姑娘将手中金钵迎风一晃，然后就见先前被拘进钵内的高兄弟突然就凭空出现在眼前泥地上，萎靡委顿，瘫软如泥。

邹彦昭见兄弟获救，刚要过去将他扶起，却不料已有人身形一晃，如同鬼魅般抢在他前面赶到高兄弟面前，叫道："大叔你真的很有本事哦！居然能把人藏到这么小的破碗里，还不漏出来！你能把这本领教给我吗？这样琼容以后捉迷藏时，就不会老被堂主哥哥很快就抓到啦！"

不用说，这个诚心请教的小丫头，正是四海堂中的琼容。而听了她这番诚恳话语，此时已不仅仅是那个被夺了法宝的金钵僧呆若木鸡了。

看着眼前情景，小言清咳一声，赶紧吩咐雪宜将小丫头拉回，然后对张口结舌的邹彦昭说道："这位仁兄客气了，我可不是什么少侠。不过我与你家厉门主曾有过一面之缘，也算是有些交情。"

听他这么一说，这几个祝融门、红帕会的门徒，全都松了一口气。

"琼容，把钵儿还他。"见金钵上师拘禁活人，小言心中大感不满，语气就变得没那么客气。不过他现在也不知内里详情，不晓得这两方谁是谁非。

听哥哥吩咐，琼容便乖乖地把金钵还给金钵僧。

接过法宝，这位净世教的上师嗒然若丧，再也兴不起什么其他想法。

此时，在金钵僧眼中，眼前只有这个一脸嘻笑、貌似天真无邪的小姑娘，最为可怕。试想，现在这世上已知的高手中，又有谁能够在自己万般警戒的情况下，仍然如入无人之境般，空手抓走那只锋牙交错的锁魂钵？

情势陡变之下，饶是金钵上师向来眼高于顶，此刻也只好一声不吭地落荒而逃。离开时，有一句声话语正传入他耳里："不知小女侠法号为何？想不到竟有如此法力，挥手间就吓退了那个不可一世的恶和尚！"

"呵呵，邹兄说笑了。"却是那个少年替小女侠回答，"琼容小妹妹，也只是去年才开始和我在一起，其实我也不知她是从哪儿学来这些古怪功夫……"

四海堂堂主这句实话，一字不漏地顺风传入那个用心倾听的金钵僧耳中。工于算计的老僧人，听到这句话后微一点头，然后便加快步伐，朝净世教阳山总坛奔去。

与此同时，小言几人被邹彦昭他们视若珍宝般迎回祝融门阳山分堂。分宾主落座，奉上香茗后，邹彦昭开门见山地诉说刚才冲突情由："不瞒张少侠说，那净世邪教早有吞并我教之心。十多日前，净世教差人来下战书，说要以三场赌斗，决定门派归属，若是不答应，他们就要以武力强行扫灭阳山县其他所有教门……"

且不细述祝融门跟几个远来贵宾诉说情由，就在当日傍晚，还在晚霞初起之时，设在阳山县的净世教始兴郡总坛门口，便迎来了代表阳山县其他教门的回书之人。

听到手下守门教徒的禀报,站在金钵僧旁边的那个红脸汉子快活地说道:"哈!那些不开窍的俗人拖了这么久,最后还不是都答应啦!"

见他高兴,金钵僧淡然一笑道:"罗贤师,现今他们如此痛快地答应,无非是请得强援而已。"

说着话,他便着人请回书之人进来。此时,这位主导净世教始兴郡教务的上师,重新恢复了一派高僧模样,满脸镇定自若,丝毫看不出下午还吃了一回败仗。

果然不出他所料,待拆开来人递上的回帖之后,就看到三个应战之人姓名处赫然写着:张小言、寇雪宜、张琼容。

"咦?这几个人我怎么从来都没听说过?真是你们这几个门派的吗?"一脸凶相的罗贤师凑过来一看,心中大疑。

还未等来人回答他的疑问,坐在正中雕花蟠龙椅上的金钵僧便慢悠悠地说道:"小兄弟,这几个参斗者,是不是下午才到贵门派?"

听他问起,那个回书之人似早有准备,不慌不忙地答道:"上师料得不差,这张少侠几人,正是今日下午才到本派祝融门阳山分堂。不过,虽然他们才来,却与本门大有渊源。"

"哦?有什么渊源?"白须白眉的皱脸老僧人一脸微笑,仿佛只是带些好奇地随便问着话。

听他问起,回书之人不敢怠慢,赶紧将之前邹巫祝交代的话一五一十说清楚:"禀过老禅师,是这样的,我教厉门主几月前曾驰令教中门徒,说本教派又出了新的门主信物。若见此信物,则如见教主亲临。帖上这位张琼容张女侠,正是身怀那两个祝融门至尊信物之人。她老人家正巧今日巡察到咱阳山县,听说门中有事,于是便来替我们出头。"

"哦,原来如此。那这位张琼容张女侠,是不是年纪还很小?"虽然之前听过少年那些话语，但心细如发的金钵僧还是要确认一下。

"正是。"

听得这句肯定的确认，金钵上师就如同印证了心中某件难解之事一般，忽然松了口气。

他展开脸上皱褶的纹路，拈过一张描红洒金帖，一阵急书，写好回帖，然后便交与来人，微笑道："这是回帖，辛苦你了。两日后，我净世教封如晦、罗子明、金缺僧三人，会于辰时在阳山城东松山下，依次向贵门三位高人请教。"

"好，我会如实转达。"

望着祝融门弟子绕过影壁，红脸汉子罗子明赶紧将憋在肚里的话问了出来："金钵上师，那个什么如门主亲临的张琼容，真是个小女娃儿？"

"正是。"

"啊？真是啊。不会是祝融门那什么门主的外甥女吧？偷拿出教主令牌来寻开心。"

"非也。"金钵僧摇摇头，认真说道，"这个张琼容，今日下午老衲曾与她略一交手，发现她法力之高，竟是难以想象。"

"……不是吧?!"净世教中地位略次于上师的贤师罗子明，闻言大讶，一时差点儿以为刚才是自己走神听错了话。

听上师说得夸张，旁边一直默不作声的黑脸瘦削汉子，也忍不住过来插话："金钵上师，你刚才所言可是当真？比斗决胜、招揽能人之事，关乎本教圣业，可不能随便开玩笑。"

听这位少言寡语的封如晦封贤师也来质疑，金钵僧微微一笑，从容解说道："两位，老衲又何曾与你们打过诳语？这张琼容，确实功力非凡，远非你我可以企及。知道这点后，原本我也与你们一样奇怪，心道何时突然冒出这

么一个罕见的高手来。直到刚才，才知个中原委。原来这小小女童竟持有祝融门门主信物，显见来头不小。以此推知，她有如此法力，也并非不可理解之事。"

说到这儿，久经风浪的净世教上师倒有些沉吟："怪哉，依贫僧看，就是祝融门教主厉阳牙，也未必就有这等功力。"

见到素来老谋深算、见识非凡的金钵僧，竟也如此夸张地推崇对手，罗子明与封如晦便不免一时面如土色，惶急问道："照上师这么说，难不成咱这场比斗已经输定了?!"

"哈，也是未必!"见两人焦急，金钵僧却不慌不忙，哈哈一笑后胸有成竹道，"两位贤师不必焦急。此事虽然起了变化，但仍在我筹划之中。须知，这比斗共有三场，必须由三人分别参加，胜过两场的一方才算赢。因此，虽然张琼容我等皆非她对手，但贫僧已经留意到，与她同行的那两人，似乎与她相识也没多久，来历应该不同。"

说到此处，金钵僧拿手指点点面前案上回帖，沉声说道："老衲也算是识人无数，今日看到的这个张小言，虽然身后背剑，但老衲几乎看不出他身具何种属性的法力。这种情形有两种可能，一是此人功法已臻至仙人飞升之境，须知只有五行俱全、皆臻化境，才可能将自己的法力属性掩藏得如水空明。剩下的一种可能，便是这人确实没甚法力，只会耍弄些剑术。"

说到此处，金钵僧露出一脸古怪笑意，朝案左的封如晦问道："封兄弟，你说说看，这两种情形，对一个未行冠礼的少年郎来说，哪个更有可能?"

看着封如晦阴郁的脸上挤出一丝笑容，金钵僧便不再追问，只一笑说道："因此，这个张小言，便交给封兄弟你这把碎星斩魂刀了。"

然后，他又把点在回帖的手指往下移了移，跟罗子明交待道："这个寇雪宜寇姑娘，就轮到你这火影阎罗来对付了。"

"哦？为何让我与她对战？"名号火影阎罗的罗子明，见金钵僧安排时一脸自信，倒有些茫然。

见他迷惑，金钵僧哈哈一笑，跟他解释道："罗贤师，这是因为在这三人之中，除了张琼容，便属这寇雪宜厉害些。依贫僧今日觑空观察，此女竟似身兼寒灵水木之属，正好让你这个火影阎罗克制。罗兄弟本就谙熟烈焰业火之术，这几天又臻至三花聚顶的罕见境界，她这水木法师遇上你火影阎罗，还不得冰消木焚？而我，就要去对付那个张琼容。虽然贫僧知道必败，可这样一安排，他们最多只能胜我一人。三局两胜，最后还是我净世神教赢得赌斗！"

"原来如此！上师果然算无遗策！"听他这一番解说，在场一众净世教徒，都对他这周密的安排赞叹不已。

不过，待赞美声略停，罗子明却还是有些不解地问道："既然如此，为何不让我或封兄弟去对付张琼容？须知本郡神教中，就属禅师功力最高。又何苦要担此必败之局，无谓辱没了上师名头。"

听他这般说，金钵僧淡淡一笑，道："罗兄弟有所不知，既然我能看出他们底细，他们也一定能察觉我的功力。在我们三人之中，只有贫僧跟他们打过照面，他们一定会想办法来对付我。与其这样，还不如就让我承担这个必败之局。至于个人荣辱，与神教大业相比，实在是不值一提。"

见得教中上师高风亮节，堂中众净世教徒又是一阵交口称赞，罗子明心中则更是激动不已。最近自己已为教中立下好几件功勋，若是这次再立新功，恐怕就会被擢为上师了吧？于是，就在一片颂扬声中，红光满面的火影阎罗头顶，有几只颜色黯淡的花朵光影，又开始缭绕飞舞起来。

第十七章
箪食壶浆，徼杀机于林樾

就在净世教本郡上师金钵僧排兵布阵的第二天上午，小言和琼容、雪宜在阳山县城里四处闲逛起来。

阳山县街市的风格，与巧家镇差不多，颇多苗瑶风情。坊间摊上，土著瑶家的雕饰琳琅满目，到处可见图纹独特的五彩裳服。

每到一个摊子前，琼容便时不时拿起一个小银饰，兴奋地让雪宜姐姐品鉴。看着无忧无虑的小女孩，小言脸上便也常常浮现出一丝笑容。

只是，微笑之余，只要想起昨晚和祝融教巫祝邹彦昭、红帕会会首石玉英的那番对答，他就有些高兴不起来了。

原来，经过前晚山神庙的大火，以及这两天的一些所见所闻，小言心里对净世教大起疑心，决定留心打听一下这方面的消息。

为了避免因为先入为主产生误解，又或因教门嫌隙而让邹彦昭等人有不实之词，询问时小言便在言语间多加注意，尽量只是旁敲侧击地发问。

这番迂回询问的结果，最后终于让这位上清宫少年堂主确定，前晚夜焚山神庙，还有半个多月前火烧浈阳龙王庙，都是阳山净世教的贤师罗子明所为。

原来，自净世教崛起之后，祝融门等教派在当地势孤力薄，面对净世教咄咄逼人的吞并之势，实在无力抵挡。于是经过一番合计，邹彦昭等人就常派些本地出身的机灵门徒，留意查探净世教的劣行，意图拿住他们的把柄，然后再通过官府将他们扳倒。

结果，几番努力之后，还真让他们查探出一些蛛丝马迹。近来阳山、浈阳地界上一些烧伤人命的火灾，皆与净世教的火影阎罗脱不了干系。

另外他们还打探到，净世教在本郡的另一个首脑人物斩魂刀封如晦，私下里竟还干着拐取童婴的勾当。

虽然，这些坏事他们做得颇为隐秘，但毕竟这几人仗着一身本领，眼高于顶，根本没把其他人放在眼里，结果恰被当地教门这些地头蛇式的人物，探查得八九不离十。

不过，虽然探明表面劝人行善的净世教，暗地里竟干着这等勾当，却反而让邹彦昭他们不敢轻举妄动。他们担心，一旦告官不成，反倒会命穷凶极恶的净世教教徒采取极端行动。正因如此，面对净世教的赌斗挑战，他们这几天来也只敢拖延待援，而不敢明确拒绝。

一番察言观色，又见邹彦昭几人对持着朱雀神刃的琼容敬畏有加，小言便在心底判定他们所言非虚。

得知真相后，一想到那些无辜丧命的贫苦冤灵，出身低微的少年堂主便分外恼恨，当即就答应邹彦昭，替他们接下与邪教的比斗。

正当他在街旁念及此事，脸上情不自禁流露出愤怒神情时，忽有一人凑到身旁，小声跟他说道："这位小公子，不知可是在为谁人烦恼？"

忽听这话，小言转头一看，发现是个一身青黑衣裤的汉子，正一脸神秘地望着自己。

见他等着自己回话，心情不佳的小言只好回道："这位大叔，你怎么知

道?"

"哈!不瞒小哥说,在下自幼受明师指点,谙熟相术,旁人有何想法,我一望便知。"

"原来如此。"听过回答,小言重新转过头去,看看琼容她们有没有选定什么首饰。见他兴趣缺缺,那汉子赶紧直奔主题:"小兄弟,其实我是江湖秘术天魔大王咒第八代传人。如果你有痛恨之人,又不方便出手,那就可以出俩小钱,让我替你对他施以诅咒,绝不留一丝痕迹!"

听他这么一说,小言沉吟一下,似乎有了些兴趣,转过头来低声问道:"真的有效?"

"那当然!"

"好!你信奉净世教吗?"

"不信。我只信天魔大王。"黑衣汉子一脸喜色,对答如流,看来他这生意,终于要开张了。又听眼前少年问道:"那价钱如何?"

"这就要看你想要诅咒之人得到什么样的报应了。"

"如果要他们死呢?"忽听眼前这面容平和的少年,突然说出这样的狠话来,饶是声音很低,却仍然把走江湖的汉子吓了一跳。

愣了愣,他才重新恢复正常神色,回道:"这个就比较贵了。"

"多贵?"

"一人四十文钱。"

"还好。我给你一两银子,你便替我施咒,诅咒本郡所有犯下人命的净世教教徒,都不得好死,尽快遭到报应。"

"……客官您真会砍价!"闻得小言之言,这个天魔大王咒传人眨了眨眼睛,低声应道,"好,成交!"

接过小言递来的一锭银子,掂了掂,又在牙间咬了咬,汉子眉开眼笑道:

"公子您何不再加一两银子？我便可替您再多诅咒几个郡县的恶人。"

看得出，这生意不怎么兴隆的汉子，很想在正义感很强的大方少年身上，再多赚些银两。却听小言干脆利落地回绝道："不必了。"

"为何？"

"我怕你法力不够。"

说罢，小言便转过头去，专心看琼容她们挑拣服饰，不再答话。

见小言如此，那汉子只好讪讪而退，再去找别的主顾。

待他走远，寇雪宜放下手中银耳坠，迟疑问道："堂主，这诅咒之术，真的有用吗？"

听她相问，小言笑道："哈，估计没效果。不过万一有用，那咱花一两银子就能惩奸锄恶，岂不十分便宜划算！况且——"

小言话锋一转，正经说道："我看这汉子脸露饥馑之色，想已是几日没吃饱饭了。看在他好歹也算做买卖赚钱的份儿上，我便趁着有钱时，周济他一下。你不会真以为，我信这什么诅咒之术吧？都是迷信！"

"噢！"

这两天里，小言他们就住在祝融门阳山分堂中。明天，他们就要和净世教比斗了。

这天晚上，小言沐浴完毕，便回到房中，开始琢磨起明日比斗之事来。想了一阵，觉得静不下来，便走到后院中，执着瑶光神剑，按照当年季老先生所授的剑术，开始在月光下慢慢舞动起来。

小言将剑舞得很慢，当年季老学究授给他这套剑术，目的只是强身健体，并不是什么正经拼斗之术，剑招本来就不是很快。

等他练了一阵之后，这处后院围墙外面的阴影里，有一人正借着夜色的

掩护,悄悄地遁去。

没多久,净世教总坛中一个小屋里,那位刚听过禀报的金钵上师便陷入了良久的沉思:"果然不出所料,那少年剑法平庸,不足多虑。真正可怕的,还是那个一副女童样子的张琼容。大战之前,她还是这副游戏人间的模样,定然是认为胜券在握!"

念及此处,金钵僧突然想到一种可能:"万一、万一前两场中,罗子明不慎败给那个寇雪宜,那自己岂不是必须跟那个深不可测之人比试?而这赌斗规矩,却是无论生死,只管输赢。这可怎么办?!"

真是千思万虑,唯独漏算这一条。这个打着如意算盘,以为全不用自己上场的净世教上师,光头上立时冷汗涔涔。

"唉,真是作茧自缚!"想到这生死由天的该死规矩,还是当初自己亲手定下的,金钵僧不免就大呼晦气。

不过,这等筹划之事岂能难倒他?眼珠一转,足智多谋的金钵僧便又是计上心头:"嗯,就如此这般去做。明日第一、第二场比斗,无论如何都得保证封如晦、罗子明稳操胜券!"

就在他打定主意之时,轩窗外月影移过,一片黑暗降临,恰是夜色正浓。

东天上刚刚露出一线鱼肚白,祝融门阳山县分堂就已经沸腾起来。

关乎门派存亡,分堂中全体上下俱都心神不宁。一大清早,不用分堂巫祝邹彦昭招呼,所有信仰祝融大神的门徒便已起来,为今日的比斗认真做着各自分内的准备。

过了没多久,阳山县面临吞并局面的其他小门派,也几乎倾巢出动,齐齐聚到祝融门堂口。

这些往常并不经常聚在一起的各派教徒,因了同样的困局,便不再有什么门户之见。这些陌生男女,打过几句招呼之后,就变得熟稔起来。现在还是卯时之初,这些门派弟子,或在厅堂落座,或蹲在院角墙边,全都在紧张地询问探讨着,不知今日替他们出头的那三个少年男女,功夫到底如何。

与前院、中院这片紧张不安的气氛相比,祝融门后堂小院中,却仍是一派安宁静谧。

时辰未到,任何人都不敢搅了几位贵客的睡眠。不过,此时小言已经醒来,正从院中泉池中打了些凉水洗漱。稍过片刻,一阵门扉响动,寇雪宜领着睡眼惺忪的琼容,也来到泉池边洗漱。

看着半梦半醒的小女孩,仍在那儿使劲地抹着眼睛,小言便不免琢磨起今日比斗之事来。

面对未知的比斗,他现在也甚是紧张,并没啥把握。胡思乱想一阵,他心中就开始回想以前自己亲身经历过的那几次争斗,期望能从中得出些经验来。

想着想着,小言突然发现了一个自己以前从未想过的问题:似乎自从上了罗浮山以后,自己再与旁人争斗,就几乎没用过旁门左道。

"嗯,许是自己现在也算有了些本事吧?"虽然找到了一个解释,但四海堂堂主心中却隐隐觉着,自己竟好似无比怀念当年那些旁门左道的勾当:装扮匪人、暗捉班头、胁逼县官、趁夜恐吓负心恶徒。

"哈,现在我也算改邪归正了吧?"正在他跟自己开着玩笑之时,两个女孩也已洗漱完毕,开始对着泉池边的水面,相帮着整理起发髻妆容来。

看着这两个浑若无事的女孩,四海堂堂主踱了过来,开口认真交代道:"雪宜、琼容,你们听好:今日这场比斗,非比寻常,据说是死伤由命、生死由天,说白了就是死了白死,死了活该,这样的话,咱可丝毫大意不得!"

"嗯。"

"嗯!"

相继传来两声同样的应答,只不过一个清淡冷静,另一个则是迷迷糊糊。

见她们应诺,四海堂堂主满意地点点头,又继续说道:"其实,若只是伤着,那也罢了,反正雪宜会采草药。嗯,实在不行拼得几个草药钱,你家堂主现在也出得起。只不过——"

说到这儿,张堂主话锋一转,郑重嘱咐道:"万一,比如琼容和人比斗时,打着打着竟有性命之忧,那咱千万不可迟疑,雪宜你要和我立即冲上去救援。当然,琼容妹妹,若你雪宜姐身陷险境,咱俩也都要冲上去救她,不可拘泥什么江湖规矩啊!"

"嗯! 知道啦!"两个女孩再次毫不迟疑地应诺。她们两个丝毫没想到自己堂主这番嘱咐其实很不合道义。

正当小言交代完放心地走开,忽听背后传来一声如乳莺般脆嫩的问话:"堂主哥哥,万一你也打不过,我们也要救吧?"

"这个……"张堂主微一沉吟,便转过脸来严肃回答,"一定要救!!!"

卯时之中,小言、琼容、雪宜三人整装完毕,在邹彦昭等人陪同下正式出发。

阳山县东城外的松山,虽然一出城门便可望见,但若要走到,还需半个多时辰。

此时,四海堂三人正乘在祝融门寻来的脚力上,小言与琼容合乘一驹,雪宜则侧身斜坐在另一匹马上。三人在邹彦昭他们鞍前马后的簇拥下,顺着青泥官道朝东边那个苍碧的山头行去。

此刻,他们头顶上,万里天穹中铺满了灰暗的云团,宛如连城的云阵,遮住天外的晨曦日光,在眼前碧绿的春野上投下巨大的暗影。

灰蒙蒙的天色,仿佛让春日晨风也失去了应有的和煦,拂面吹来时凉意袭人,竟似带着几分肃杀的寒意。这时,只有道旁满眼的翠碧浓绿,还在提醒着人们,这是一个暮春的早晨。

正徐徐而行,乘在高头大马上的小言忽然看见前面道路旁,有三个老人跪倒在草丛烟尘之中,且尽皆双手探前,捧着一只碗一动不动。

"咦?怎么挺眼熟?"见着三位老丈,小言赶紧策马过去,到得近前跳下马来仔细一瞧,发现几个跪倒的老人,正是三天前那座山神庙里的乞丐。

见他们如此,小言赶紧问道:"几位老丈,你们怎么又回到这里来了?"见他们还敢出现在此处,小言大为惊异。

见他问话,三个老乞丐赶紧将手中茶碗举起,为首之人颤巍巍地礼敬道:"我们这几个无用之人,得知恩公要去和恶徒比武,特地赶来奉上提神茶水。"

"原来如此!"听了这话,小言恍然大悟。

心中感念他们不顾安危还要来为自己奉茶以壮行色,小言赶紧接过茶碗,端到唇边就要喝下去。

就在此时,忽听后面有人一声大喝:"少侠且慢!"正是祝融门邹彦昭忽见路人奉茶,心中生疑,便赶紧出言拦住。

听他这么一提醒,小言也顿时清醒过来,心中忖道:"呀!不管怎样,都是我莽撞了。不错,这几个老汉确是情真意切,但也不能保证没人暗中做手脚。"

看着眼前几个老丈殷切的目光,小言心下略带歉意,仔细打量起手中粗陶碗里的绿茶来。

碗中微漾的茶汤,色泽翠绿明亮,飘逸入鼻的茶香芳冽清爽,显非寻常粗茶。望闻一阵,实在看不出有啥异处,小言便将茶碗交与邹彦昭。

这位祝融门的巫祝,虽然会些召火法术,但其实更像武林豪客,检查这汤汤水水有无毒害,正是无比熟悉。

因为事关重大,邹巫祝便奋不顾身地以身试茶。将茶水在唇齿间兜转品鉴了半天,最后才咽了下去,舒了口气,说道:"无毒。"

将茶碗奉还小言,邹彦昭对这几个老汉说道:"几位老伯,看这盏中茶叶条索紧细卷曲,茸毫披露,应是咱始兴郡的名茶狮山翠芽吧?"

"正是! 这些好茶正是老汉们用少侠赠送的银两买来的,熬成茶汤让少侠醒神,期望他能大展神威,胜过那些恶人!"

听他们这么一说,邹彦昭就想起先前小言告诉他的那场山神庙大火,顿时疑心尽去,赞道:"张少侠行侠仗义,才有今日他们这箪食壶浆之举。"

当嗅觉灵敏非凡的琼容也说这茶无毒之后,小言深感这些老者的盛情,便将碗中茶一饮而尽。同样,琼容、雪宜也将另外两碗茶全部喝光。

经过这番插曲后,他们便重新上路。而这几个乞丐与其他陆续赶来看热闹的阳山县民一样,随着小言他们一齐朝松山而去。

又走了一会儿,小言却觉得有些不对劲起来:"怪了,才喝过茶水,怎么就渴了?"原来此时,他觉着嗓子眼儿就如着火冒烟了一般,端的是焦渴无比。

"莫非……"心念一动,小言赶紧回头询问琼容、雪宜:"你俩觉不觉着口很渴?"

听他相问,琼容、雪宜回答:"有点渴,但也不十分渴。"

听了她们的回答,小言有些摸不着头脑。正疑惑间,恰见前面道边有座果林,果树枝叶间正结着累累青橘。

"哈,正好摘来解渴!"

虽然还是暮春，但此地炎热，柑橘几近成熟。小言赶紧策马过去，探身摘下一个最大的柑橘，剥开皮就要将橘瓣往嘴里送。

只是，刚刚放到嘴边，这次不用别人提醒，小言自己就已生生止住："不对，这橘子也不能轻易吃下。"

就在此时，邹彦昭、石玉英几人也赶到他身旁。见他迟疑，之前没能替他试茶的红帕会会首石玉英，这次抢先伸手摘下一橘，剥出瓤肉就往嘴里送。

"挺好吃。"还没等小言阻止，石玉英便已将橘肉送入口去。

正当小言紧张之时，却听她说道："张少侠请放宽心，这橘子没问题。"

将橘肉吞下肚去，石会首便没口子地赞道："真甜，汁儿真多。没想这大道边还有这样好吃的水果！张少侠正口渴，不妨尝尝。"

听她这么一说，小言倒是心中一动。见那个惯常贪嘴的琼容，现在也只是怔怔看着手中刚摘来的橘子，小言便觉得有些蹊跷。于是，略一思索，他就将手中橘瓣掐破，然后向上面轻啐一口。

见小言举止古怪，石玉英便目不转睛地盯着，却不料刚过片刻，她便忍不住惊呼一声："呀！这是——"

第十八章
魂翻魄转，一生一死若轮

围观众人看得分明，此时小言手中鲜嫩的淡黄橘肉，沾上他的几点唾沫之后，竟渐渐失去光泽，慢慢变得灰败黯淡起来。最后，整个橘瓣竟呈现出一片浓重的黑紫之色。

目睹这片触目惊心的黑紫之色，修了一年多清静无为道的少年堂主，也忍不住开口痛骂："好个净世教的贼子，竟敢使这等恶毒手段坏我！"

看着抛在地上的败坏橘肉，石玉英、邹彦昭等人也是惊心不已，附和道："净世教果然邪毒。真想不出，那教中几个上师、贤师，暗地里惯施这样卑鄙无耻的手段，平日竟还能装出一副慈悲模样，口口声声劝人行善！"

愤怒过后，石玉英却觉得有些想不通，便问小言："敢问少侠，为何会对这些柑橘起疑？我刚吃过，却也没事。"

刚说到这儿，正在一旁的邹彦昭却恍然大悟，叫道："是那茶？！"

"不错。"小言已经恢复平静，跟周围几人解说道，"虽然茶与橘全都没毒，但都已被人动了手脚。那茶中所下之物，虽然不知是啥，但定能让人口渴，药性发作之际，便是我等遇到橘林之时。只要喝茶之人再吃这路边青橘，便会中毒。只不过，虽然贼人这招巧妙，但还是有些可疑之处。因为，虽然那茶看不出有毒,但我渴得也实在有些奇怪。更奇怪的是,恰当我口渴时,就碰到路边这累累橘果,实在太过凑巧。何况——"

说到这儿,他把脸转向遍尝百果的琼容,问道:"琼容妹妹,若是道边有这样的好果子,你路过会不摘?"

"一定摘!"

"正是如此!何况这阳山饥贫之人甚多,哪有留着道边好果不吃之理。所以说邹兄弟,无论这贼人设计得多么巧妙,但还是有经不起推敲之处。其实,他们也是太高估我了,使这等机关,还不如昨日潜入我房中,直接打闷棍来得有效!"

"哈!张大侠说笑了,不过当真是智识过人!"邹彦昭赞叹一声,然后回想刚才之事,忖道:"若是刚才自己来试这柑橘……"

他真是越想越后怕。

忽然想到一事,邹彦昭脸上便立时换上了一副狠色,沉声问道:"张少侠,既然这样,那几个献茶之人——"

"应与他们无关。"见邹彦昭脸上凶狠,小言赶紧出言打消他的报复念头,"他们也是受了贼徒利用。"

想来净世教在地方上势力甚为庞大,要诓人入彀,暗中做下这手脚,实在轻而易举。

口渴的四海堂堂主,眉头一皱,计上心来,请琼容施法浇下点天水来解渴。琼容、雪宜二人,则因天生异秉,喝了那茶竟似啥事也没有。

待将林中橘果全都打落毁碎之后,他们才重新上路。经过这事,小言、邹彦昭等人更是同仇敌忾,急切想要将邪教恶徒击败。没多久,小言他们就在辰时准时到达了松山脚下。

此刻,翠碧苍苍的松山脚下,已经聚满人众。除去那些来看热闹的闲人,大多都是净世教教徒。今日这些净世教的虔诚信徒,全都是白布衫裤,头上扎白色布巾,聚在一处,望去犹如白雪森林,气势煞是惊人。

小言这边就有些相形见绌了。除去人少不说,仅在服饰上,也只有红帕会一众人等头裹红色绢帕,其他人则是服饰各异,颇显杂乱。

原本金钵僧还有些紧张,但至现场一看,见两边声势如此悬殊,便不由把那悬起的心往下放了一点。

见那三个少年男女,被人众星捧月般拥了过来,金钵僧赶紧带着手下高级教众,一脸笑容地迎了过去。

待面对面对上,金钵僧随口寒暄之余,便也留意观察对面几人的神色表情。不动声色地看了一阵,与语气平和的小言对答两三句,金钵僧便似乎已得到了自己想要的答案:"嗯,果然中计了。饶是你奸猾似鬼,还是免不了要中了老僧高妙手段!"

小言几人看似只是神色恹恹,不过按金钵僧的想法,这才正常。虽然自己多年未用的奇毒厉害无比,但若这几人与那些普通人一样,中招后立马口吐白沫、浑身瘫软,倒反而有诈了。

想到此处,觉得报了"破碗"之仇的金钵僧,便不禁浑身轻松。得了他的暗示,封如晦与罗子明二人也心情愉快,在心中不免又将智略过人的前辈上师赞了一遍。

金钵僧开口问道:"邹堂主,张少侠,我们这便开始?"

邹彦昭闻言,看了小言一眼,得了他示意,便即应诺一声。

见对方应承,金钵僧便运上些气力,朝四方朗声说道:"各位乡亲听好,今日比斗,许会十分激烈,为免误伤了诸位乡亲父老,恳请各位退到石粉白线之后。老衲这厢有礼了!"

说罢,金钵禅师双掌合十,朝四方团团一礼。

见他如此，从四乡八里赶来看热闹的乡民，全都依言随着净世教教徒朝后退去。他们在退后之时，口中还不时发出赞叹："金钵上师真是菩萨心肠啊！"

依稀听到这些言语，一直不怎么作声的负剑少年忽地展颜一笑，对正频频朝四下微笑揖礼的金钵僧说道："阁下果然慈悲心肠。今日这场比斗，生死不论，只管输赢。若是误伤了旁人，果然不大妥当。"

说罢，便见他转身朝那一大片空场中央稳步走去。此前，邹彦昭已着人跑马，将比斗空场飞快检查了一遍。

小言身后的金钵僧，品了品他刚说过的话，不知何故，竟生出些不舒服的感觉来。微微一愣，他便暂放下那副慈悲面容，赶上几步，朝那个正走向场中的封如晦悄声嘱道："如晦徒儿，待会儿若见情势不对，便施出咱真正的师门绝学，不用顾忌！反正——"

金钵僧顿了顿，朝四处看看，说道："反正现在天色正暗，这场地十分广大，应该没人能瞧明白。"

听他这么一说，原本信心十足的碎星斩魂刀封如晦，倒有些迟疑起来。因为，他刚才竟看到，一向淡定从容的师父，不但说出两人间向来隐而不宣的师承关系，竟好像还有些心神不宁。

稍微一愣，封如晦便转念想到，不管如何，师父这番叮嘱，自然是担心他落败。想到此节，他便不敢怠慢，赶紧肃然低声回答："师父请放心，待会儿徒儿一定全力以赴！"

说罢，他便不再有啥杂念，一心朝那个已伫立场中的少年大踏步走去。

这时候，与比斗无关的闲杂人等，包括金钵僧、邹彦昭等人，都已退到净世教预先设定的界线之后，中间空出一个方圆三四十丈的阔大石坪。这斗场如此广大，以至于站在最前面的看客，也只能依稀瞧见场中央两人的

身影。

此刻，见净世教的贤师朝那个少年奔去，场外所有人都是屏气凝神，生怕错过每一个细节。

就当他们以为这两人还要说上几句过场话时，却见净世教的封贤师，在离好整以暇的少年还有三四丈时，已是突然暴起，猛然拔刀，借着快步飞冲的去势，迎风劈出一道灿烂的光华，光华如匹练般朝少年狂卷而去！

此时那个显然缺乏实战经验的少年，还没来得及拔剑，似乎也没能料到相隔这么远，他将要挑战的刀客，就已能隔空劈来这道如星河倒卷般的璀璨刀气。只在一错愕间，那道如碎月流星般的致命光芒，就已经飞扑至呆立的少年，倏然间没体而入！

"惭愧，没想到如此轻易！"一击得手，顺利得如同儿戏，即使冷静阴郁如封如晦，也忍不住想要欢呼雀跃。

就在满腔欣喜的碎星斩魂刀封如晦耐心等着不远处那个倒霉少年爆体而亡时，松山下四围郊野里，正是春树如烟，郁郁葱葱。这些葱茏如烟的繁枝茂叶下，遮掩住的躯干却是苍遒刚劲。

其实，就在斩魂刀封如晦朝自己走来之时，小言便已严阵以待。按之前对净世教这几个首脑人物的了解，再经过早上那个下毒事件，小言早就不指望对手会按啥礼数来。果不其然，封如晦在离自己还有三四丈时，就已如野豸一般拔刀朝自己攻来。

"来得好！"见到碎影流星般的刀气，见惯法术的四海堂堂主丝毫不以为意，暗叫一声，迅疾运起旭耀煊华诀，全身随即流布了一层几近无色无形的大光明盾。近来越发敏锐的少年，此时望着眼前这道流星般的光芒，却并不觉得如何快疾。

于是，当封如晦这道灿烂如碎影流星般的刀气划开灰暗天地，如锐矢般激射而来时,全力戒备的小言却突然觉得,自己仿佛正感应到一道无比熟悉无比亲切的气息。一刹那间的心念电转,已让胆大包天的他霎时撤去防护全身的旭耀煊华之盾,于是就在围观众人或期望或惊惧观看时,那道声势煊赫的锋锐刀气,已全部没入体内!

"阿弥陀佛!他是毒发了。"看着徒弟那道无坚不摧的刀气,一丝不漏地没入少年体内,紧张注目的金钵僧顿时松了口气。看到少年对着雷霆般的刀光呆若木鸡,金钵僧宣了声佛号,与身旁谙知内情的火影阎罗会心一笑。

这一刻,所有净世教教徒都是一派欣然,只等着中刀少年爆体而亡。只要听闻过碎星斩魂刀赫赫威名的人都知道,这斩魂刀气无坚不摧,莫说是全部入体,就是稍微被扫到了点刀气,也难免要魂飞魄散!

祝融门等门派一干人已全都面无人色,不少人已掩面转过身去,全都不忍看到预料中的血肉横飞惨状。

只是,让人大感不解的是,少年的两个女同伴,这时候竟然还面容平静,似乎根本不担心她们同伴的生死。

"不对,应是有诈!"一直留意琼容神态的金钵僧,立时心知不妙。刚刚转过此念,就已听得场中那位本应命在须臾的少年,突然间开口说话:"不错,阁下刀气果然纯净!"

然后只见少年对封如晦一拱手,恳求道:"刚才承惠了。不知能否再来几刀?多谢!"

原来,就在封如晦碎星斩魂般的刀气扑来之时,小言突然有了平日炼化天地元气的熟悉感应,因此立时放松防护,同时烂熟于心的炼神化虚术应念而生。于是,这份经过封如晦苦心淬炼、意图摧杀强敌的碎星刀气,竟成了他炼化太华道力的无上美味!

此刻,因离得太远,场中除了法力绝伦的金钵僧之外,几乎没人听得清小言在说什么，但等了这么长时间，邹彦昭、石玉英等人也知道，替自己出头的张姓少年，并没被刀气摧垮。立时，他们提到嗓子眼儿的心，暂时往回放了放。

与他们相比，现在与小言对阵的净世教贤师封如晦却远没这般轻松。原本以为能手到擒来，却发现自己的攻击如泥牛入海，顿时便让封如晦那张本就阴郁的灰脸变得更加黯白惨淡。

咬了咬牙关，封如晦一振白衫，如鬼魅般绕着淡然伫立的小言急旋起来。刹那间，阔大石坪外围观的人群，便见到场中央旋起一团耀眼的白光，如同湍急气浪将少年团团裹住，玄裳黑衣少年，此刻就如一叶扁舟，在滔天风浪中动荡飘摇，似乎转眼就要被湮灭。

见此情景，刚刚缓下神来的邹彦昭等人又是面如土色，只有琼容、雪宜仍一脸淡然。一脸稚气的小丫头，还在那儿掰着手指头，比较这浪头和上次大河里的水浪哪个更大。

见过琼容的神态，金钵僧马上便气馁地看到，只在转眼间，徒儿那气势汹汹的刀光刀浪，就开始逐渐消散。看样子过不了多久，这些刀气又要像之前那样有去无回了。

见这样，净世教另一名贤师有些按捺不住，赶紧转向金钵上师以目示意。

却见向来都智珠在握的教门上师，此时却双眉紧蹙，神色紧张地望向另一处。朝他眼光落定之处望去，却只见到一个正掰着手指头的小女孩。

"上师……"罗子明一声轻唤，终于把出神的上师唤了回来。金钵僧瞅了他一眼，立知他心意，他又往琼容处望了望，悄悄摇了摇手，让罗子明不可轻举妄动。

"上师他为何如此忌惮那个小女童？"见自家上师变得胆小如鼠，一向骄横惯了的罗贤师很是不服气。于是,这个心黑手辣的火影阎罗,在袖中暗拈手势,口里轻占口诀,在场中那道已经黯淡下去的刀浪中,隔空暗添上一分灼魂蚀骨的火气。

见自己成功偷袭,已臻三花聚顶境界的火影阎罗,信心满满地忖道:"哈!以我这蚀骨阴火,配合上封兄的碎星刀气,若那厮还不死,就真真没天理了!"

少有地见着势头不占优,罗子明罗贤师终于想起来世上还有"天理"一说。只不过很可惜,就如同往日这"天理"从来没站在那些被他焚杀的乞丐那边一样,这一回"天理"也同样没站在他这边。只不过眨眼工夫,无论是碎星刀气,还是无形暗火,已全都在少年身边消失无踪。

在最后一刻,黔驴技穷的封如晦终于忍不住拿刀硬劈,却只听得当啷一声,少年猛力一格,硬是将他这把巨刀生生挡回!

这时,望着从容淡定的对手,感受着右臂上传来的痛麻,骄横的净世教首脑封如晦终于陷入了惊恐:"不可能啊!这少年究竟是何方神圣?师父这回的盘算,真是全然错也!"

念及此处,封如晦忍不住回头望了望,却见金钵上师正朝这边使着眼色。

"罢了,如今也只有施出师门不显之秘。"对上师父的眼神,已近力竭的封如晦便知道,今日若不施展出师门秘术,恐怕难以取胜。如果他能预知半晌之后的结局,此刻便绝不会做出这样的决定。只可惜,此时清朗少年脸上惯有的平和微笑,给了他直观上致命的错觉:嗯,这个年轻人功法怪则怪矣,但并不可怖。

于是,就在小言觉得今日这比斗,不但不凶险,反而还有些意想不到的收获时,突然感到自己筋脉中那股刚刚融入新力的太华流水,竟一下子急速

运转起来!

"呃?"太华道力这样异动,已不是第一次出现,小言顿时悚然而惊,浑身毛孔都骤然张开。

迅疾凝神朝前方看去,只见封如晦手中那口原本白气森森的刀上现已蒙上一层绿油油的幽光,执刀人口中则不住呢喃,发出一阵阵古怪的声音。不住牵动的嘴角,再映上绿油油的鬼火光芒,让封如晦原本还算端正的五官,添上好几分狰狞之色!

见此异变,还没等小言来得及反应,却见随着封如晦一声啸,那层青幽刀光已起了显著变化:一阵光影变幻,阔大刀口上似乎攒动着上百个细小的圆团之物。

见事诡异,小言再不敢怠慢,重新运起旭耀煊华诀,紧紧盯着那把妖刀,看它有何异动。四海堂堂主有所不知的是,就在他全神戒备之时,正奋力驱动秘术的封如晦却大感疑惑:"怪哉!怎么我念了半天密咒,这斩魂刀还是没啥动静?"

原来额角冒汗的封如晦看着手中这把名为斩魂、实为噬魂的兵刃,惊奇地发现淬炼异化后的魂灵,并未如往日那般兴奋地飞出去攫取新的同伴,却反而一个个神色痛苦,竟似恐惧非常!看样子,要不是自己的摄魂夺魄之音一直催逼,恐怕它们都得龟缩回去。

"莫非今日时辰不利?罢了,有关圣教荣辱,今日我必须全力争胜。幸好,我还有血魂大法!"

眼见今日比斗处处古怪,心性阴狠的封如晦便把心一横,拼得元气大伤,也要运功激发那妖刀去摄魂。只是,取自割肉喂鹰之意的血魂大法,不施则已,一施便是无休无止。虽然他知道法力无边的金钵上师定会出手救援,但最后自己也一定会大损根基。

就在他心中还有些犹豫之时,却见一直静如山峦的小言身上突然间一阵光焰闪烁,便要欺身来攻。见如此,封如晦再不迟疑,口中立即发出一声尖厉绵长的呼号。

听得这声不类人声的啸叫,一直神色紧张的金钵僧,顿时合掌一声叹息,在心中叹道:"善哉善哉!都怪为师念头料差……呃?!"

正在金钵僧心中悲苦之时,却突然发现自己徒儿催动血魂法咒的尖啸,刚刚响到一半,便戛然而止,然后便代之以一声声惨烈无比的痛号!

"何事?!"金钵僧听到异响,猛然一惊,赶紧朝石坪中看去。

只见封如晦已瘫倒在地,滚动呼号,浑身散发着诡异的暗青光华。

"他这是?"

尽管所有人都有疑问,但松山下偌大的斗场中,也只有一两个人知道真实的情由。原来,小言乍见妖异魂芒时,还有些惊怖,但稍一转念,心中竟是大喜过望:"哈!我那自封的金焰神牢镇魂光,多日未用,正好练练手,今日他倒是凑趣!"

谁知,就在小言打定主意、还没跨前两步之时,急着要去炼化妖刀的四海堂堂主,便已见封如晦刀刃锋口上那些已经异化的恶魂,蓦然神色大骇,几乎不约而同地挣脱了妖刀的束缚,一齐飞起,朝后面催逼之人倒卷而去!

小道只稍一迟疑,便见到封贤师已颓然倒地,在烟尘中不住翻滚,连声惨叫!

只片刻工夫,离得最近的四海堂堂主,便见这个遭妖魂反噬的封贤师,再也喊不出一个字来,只顾得用双手紧扼脖颈,喉头嘀嘀作声,脸上则条条筋肉紧绞扭曲,似乎正受着锯筋刮骨般的痛楚。

眼见如此,小言惊心之余,不禁叹息一声,走上前去,将手一挥,让自己的镇魂之焰燃上奄奄一息的邪教贤师。只在须臾之间,强大无俦的净魂之

光便将封如晦身上的恶灵邪魂炼化得一干二净。在尘埃中翻滚的封贤师终于可以安静下来了。他眼光复杂地看了看头顶那个含带悲悯的清俊面容，咽下了自己最后一口气。

如果这个刚刚身亡的金钵僧弟子魂魄还未远逝，便可以看到，就在自己刚刚倒下的地方，自己满腔复仇火焰的罗兄弟，如何与一身雪色神甲的婀娜女子上演一场照亮昏暗天地的生死决斗。毕竟，虽然安息的灵魂已经远离了尘世的喧嚣，但幸存的生者们还得为着各自的善恶，进行你死我活的战斗。

第十九章
浣玉焚花，烟迷生死之路

"净世教封贤师死了?!"

小言独自返回场边后不久，这个惊人的消息就像长了翅膀一样，传遍了整个斗场。

开始时，人们还只是窃窃私语；过了没多久，人群就已喧嚷得如滴落冷水沸油锅。不管是谁，无论他对净世教是拥戴还是憎恶，都想象不到前后只不过半炷香工夫，那个赫赫有名的碎星斩魂刀就已经魂飞魄散！

"要有好戏看了！"

无关闲人们，竟有些期待即将到来的暴风骤雨。

此时，金钵僧、罗子明等人，也从初闻噩耗的震惊和怀疑中清醒过来。看着教徒抬回的尸体，还有捡回的那把已经黯淡无光的斩魂刀，对他们而言正是物伤其类，个个悲痛不已。

那些平日受他们欺压的对立门派徒众，则全都在心中长出了一口气。回想往日封如晦狠辣的手段，谙知内情之人都觉得真是恶有恶报。只不过，虽然邹彦昭等人心下快活，但净世教人多势众，余威犹在，他们脸上也不敢表现出过分的欢欣鼓舞来。

愣怔半晌,金钵僧终于反应过来:"我的乖徒儿,就此登了极乐吗?"

看着手下门徒拿一袭白布盖过徒儿熟悉的面容,任他再是什么佛门上师,也禁不住心中大恸;又联想到刚才那少年,用的竟似是与本门噬魂相类的秘术,金钵僧立即口角哆嗦,不顾高僧风度,对着小言那边嘶声詈道:"好恶贼,竟敢使邪术害了如晦性命!"

此言一出,他身后的净世教教徒立即往前聚拢,蠢蠢欲动,只等着上师一声令下。

见他们如此,祝融门等教派弟子,人数虽少,却也不惧怕,呼啦一声来到小言身后。眼瞅着,若是一言不合,便是个群殴之局。

见局势不妙,刚杀伤人命的小言立即从些许愧疚中清醒过来,定了定神,戒备着对眼前怒气冲天的金钵僧说道:"金钵上师,且莫着恼。我方才本无意伤他性命,实是见他遭术法反噬,才不得不出手解他痛苦。"

正所谓死者为大,现在小言也不愿多指摘封如晦,口头这话已说得十分客气。只是,即便他如此说,眼前净世教诸人还是一脸敌意,金钵僧口中更是"妖术、妖术"叫个不停。

见这样,小言也忍不住动了气,高声叫道:"金钵僧! 这比斗生死由命,可是你们起先约定的。妖术? 好,那咱先别比第二场,就当着合县父老的面,先来把这妖术的事说清楚!"

虽然,他不知自己刚才恰好和自己一向极力撇清的噬魂邪术擦肩而过,但瞧封如晦那把妖刀上的诡异情状,也知道那斩魂刀和自己的镇魂光一比,谁更拿不上台面。待说过这反诘的话,小言便执剑在手,全神戒备,不待他招呼,琼容、雪宜二人早已站到他身前,呈掎角之势护住堂主。

一听小言这问诘,再见三人摆出这等架势,刚刚还满面悲伤的净世上师,竟立即就消散了一脸戚容,重新恢复了往日镇静。只见他一拂袍袖,弹压住身后蠢蠢欲动的教徒,然后对着白布之下的殒命徒儿,诵了几句往生经咒。

"果然不愧是我教前辈上师!"见金钵僧这么快就恢复了常态,激愤不能自已的罗子明心下甚是佩服。

简短超度程序完毕,金钵僧转过身来,面无表情地吩咐道:"罗兄弟,下一场就靠你了。记住,比斗规矩是生死由命。"

火影阎罗立即听懂了话中含义,狞笑一声,简短答道:"明白!"

经过一番周折,争斗双方终于决定继续事先约定的比斗。这回,是净世教一方先去了斗场中央,祝融门这边却有些小小的延迟。就要下场的雪宜一时拿不定主意,轻声向小言询问:"堂主,我是直接轻甲上阵,还是……"

"这个……"四海堂堂主闻言,微一沉吟,然后便说道,"还是直接轻甲上阵吧。"

"嗯。"听过小言建议,寇雪宜只一转身,外罩的宽大裙裳便已脱去,露出一副雪光粲然的轻甲!

此刻,清雅淡丽的雪宜就如同破茧而出的雪蝶般脱胎换骨,流光溢彩地伫立在众人眼前。刹那间,所有朝这边观望之人,只觉得眼前一亮,仿佛昏暗云空中突然闪过一道电光,照亮了雪宜站立之处。

南海涛神相赠的这套火浣雪甲,隐隐流动着蚌珠的晶润光泽,梅花雪灵包裹得如同玉人一般。

雪宜摘去巾冠的蝥首上,饰着一对雪白的羽翼,顺着她婉转的蛾眉,朝两边飞扬而去,腰肢间那条金丝织就的腰带接口处则是一只面目狰狞的黄金海鲲,平分两半,锋牙交错,为她平添了几分英气。

这是梅花仙灵雪宜下冰崖以来,第一次以斗甲示人。

虽然,这身甲胄只是他人相赠,万丈雪崖上的千年梅魂,于这战衣还有

旁人未知的天然妙处，但此刻在小言看来，自己堂中素性清柔的雪宜已端的神姿艳发。正是：

> 琼姿何必在瑶台，沿水沿山几处栽。
>
> 临风品在云光上，带雪身从净土来！

之后，雪宜朝场中翩翩而去。身后，琼容捧着衣物，和堂主哥哥一起关注着即将到来的争斗。

在目送雪宜时，小言忽然注意到那个先行下场的火影阎罗罗子明头顶上竟现出了十数朵花光萼影。虽然颜色黯淡，但瞧它们不停地回环绕舞，落在眼中也端的奇妙。

"那就是三花聚顶的境界吗？奇怪，怎么看起来有些眼熟？"

正当小言觉着那花光似曾相识，身旁琼容见着他神色凝重，便仰起小脸安慰他："哥哥，不用担心！要是雪宜姐姐被打败了，我就去打败那个老和尚！"说罢，还朝不远处那个正留意全局的金钵僧扮了个鬼脸，顿时让金钵僧又是一阵心惊。

一直等在场中的罗子明，正等得有些不耐烦，忽见雪宜一袭白衣，施施然而来。

他正要开口，却听雪宜轻启朱唇，没头没脑地问道："那些庙里之人，是你所焚？"

罗子明答道："没错，那些浊胎贱民正是本贤净化的。这世间，就应只留我等神人血脉。大劫到来之前，那些污秽之民都须除掉——"

刚说到这儿，罗子明便已被雪宜截住了话头，只听雪宜冷冷言道："嗯，那就是了。我家堂主曾说过，善报恶报，迟报速报，到头来终须有报。那今

日,就让我来完了这番报应吧。"

"⋯⋯你!"寇雪宜这番冰冷的话语,让罗子明不自觉打了个寒噤,但素来骄横的火影阎罗随即仰天大笑数声,然后高声叫道,"哈!以本贤师法眼观之,你这女子,正是浊胎秽民,我今天便要替天行道!"

这句声震斗场的话刚刚落定,便见罗子明脚尖点地,身形往后疾飘,与此同时,他挥舞手中爪形铁杖,几乎未念什么咒语,就已让雪甲女子所立之处,平地腾起冲天的大火。猝不及防间,雪宜已被突如其来的凶猛火浪齐顶淹没!

见一击得手,罗子明在两三丈外得意非凡:"哈!女子就是无知,说甚大话,还不是一样落个灰飞烟灭的下场?与我三花聚顶的法师斗,怎能不死?"

也难怪罗子明有恃无恐,刚才他使出的,正是自己的拿手绝技追魂赤莲。这法术名号,取净世教教义红莲赤火劫之意,焰形如一朵含苞的莲花,可将被攻击之人完全闭合吞灭。更为厉害的是,这法术有如附骨之疽,能自动跟随被攻击之人,如影随形,不死不休!

这时候,在这朵巨大的火莲花映照下,本就灰暗的天地更加黯淡,众人眼中,仿佛只剩下这朵焚心灼魄的熊熊赤莲。

见此情景,场外无关的人们,差不多都是一个心思,都在为这个殒命火场的女孩子惋惜:"唉,真是冤冤相报何时了!可惜了这么好一个女孩⋯⋯"

与他们相比,此时有一人更是心急如焚,只听他急切问道:"琼容,你真的觉得雪宜没事?"

"是啊!"琼容重重地点了点头,然后伸出手来朝前一指,叫道,"不信你看!"

"嗯?!"

见她指点,附近之人尽皆朝场中望去,一看之下,小言这群人顿时惊喜交加,原来斗场石坪中,先前被大火吞没的雪宜,正从熏天大火中姗姗走出!

跳动的火焰,正在她雪甲上肆无忌惮地舔舐,却丝毫不能阻滞她前进的脚步;发丝旁的火苗,随着雪羽冠饰上下飘动,仿佛被隔上一层无形的隔膜,只能在她青丝外飞舞,却伤不到她分毫。

"呼!樊川果不欺我!"一见此景,小言顿时放下心来。

刚才他还在懊悔,之前没将火浣甲在炉上烤几个时辰试试。

见多识广的金钵僧,见寇雪宜浴火而出毫发无损,更是惊异非常:"难不成那女子身上所着之物,便是南海异宝火浣甲?呀……这几个少男少女,究竟是何来历?"

正在他心中惊疑不定时,踏火而行的雪宜已取下发边木簪,迎风幻化出那支花萼之形的圣碧璇灵杖。她素手轻轻一振,便见碧影纷纷,瑞彩灼灼,无数朵金碧辉煌的花光萼影,在她身周不住缤纷流转,将她衬托得如散花天女一般。

还没等惊诧万端的火影阎罗反应过来,寇雪宜一声清叱,已是飘身而起,人杖合一,瞬间旋起一道气势煊赫的花飙雪浪,疾如流星,迅若雷霆,朝不住退避的罗子明轰然击去。

于是,在目不暇接的光影流幻间,众人只听得一声撕心裂肺的惨号,然后便见那个罗贤师已重蹈了他封兄弟的覆辙。狂花散尽,雪宜身后如影随形的追魂莲焰,瞬间将罗子明这个魂魄俱丧之人,烧成了一段黑炭!

"呀!原来那所谓的三花聚顶,不过是预言生死的鬼神之兆!"看过灵杖击出的碧朵灵苞,罗浮山四海堂堂主恍然大悟!

第二十章
舌上烁金，咀英华以当肉

寇雪宜杖毙罗子明的那一瞬，场外人中只有张堂主看得最清楚。

见到透体而过的金碧花芒，小言突然间恍然大悟："原来如此！终于明白罗子明头顶那花光是怎么回事了！尝闻故老相传，恶人溺毙之前，头顶常会现水草游鱼之影。今日看来，恶贯满盈的火影阎罗罗子明的所谓三花聚顶之象，只不过是预示他将毙于花灵杖下而已！"

与刚才自己亲手杀死封如晦不同，此时他见罗子明毙命于雪宜杖下，正觉得格外痛快。毕竟，他方才听得分明，罗子明已亲口跟雪宜承认，那些人命血案都是他放火做下的。此刻，罗子明被自己所放之火焚毁，正是应了那句"天理循环，报应不爽"！

这时候，邹彦昭等人也都在交头接耳，说这些邪教恶徒，最终还是没能逃过祝融大神的火刑。邹彦昭他们认定，小言先前噬灭封如晦身上恶魂的那道光焰，也是祝融火神的天刑。

就在小言他们心中舒畅之时，得胜的雪宜已款步往回行来。此时，她身后犹有一溜火焰，跟随她迤逦而行。直到快到小言近前，追魂焰苗才终于化作一缕青烟，完全消散。

姿态娴雅地走到小言面前，雪宜便将圣碧璇灵杖收起，插入鬓间，躬身一揖，禀道："堂主，幸不辱命。雪宜已按堂主先前吩咐，取了那恶徒性命。"

原来，昨晚四海堂堂主便跟她交代，让她与火影阎罗对敌时，绝不要手下留情。

见雪宜打了胜仗，平安归来，小言也非常高兴，赞道："雪宜，你最近功力又有精进。刚才见你杖上灵花，似乎比上回飞云顶上见到的，更加盛大！"

听得堂主夸赞，梅花仙灵赧然一笑，便去琼容手中取过袍服，重新穿戴在身。

听雪宜姐姐得了堂主哥哥夸赞，琼容更加跃跃欲试。她着忙将手中衣物还给雪宜后，便有如撒欢小鹿一般，噌的一声直往场中蹦跳而去。待小言醒悟过来，跑上去将她捉回之时，好斗的小丫头竟已跑出有四五丈之遥！

小手被小言攥在手里挣脱不得，琼容不解地问道："哥哥，为什么要把琼容抓回来？是不是要让那位老人家先走？"

面对琼容质疑，小言告诉她，三局中他们已胜两局，这第三局就不必再比了。现下他心里，也怕琼容下场会有啥损伤，能不比就不比。

听了小言解释，小丫头却好生失望，嘟着嘴，含糊不清地埋怨道："呜！人家还想再和那个会飞的碗儿玩玩呢！"

且不说这边有人懊恼，再说净世教上师金钵僧，此刻见罗子明殒命当场，己方又输掉一局，正是心情复杂。虽然最终他还是不必上场，但与当初料想却是大相径庭。望着对面跃跃欲试的琼容，金钵上师也不知自己该喜该愁。

他身后的那些净世教教徒，见本教连折了两位法力高强的贤师，此时神色尽丧，反不似第一局之后那样义愤填膺。毕竟，第一场封贤师殒命敌手，似乎还不明不白，倒似是他自己倒地一般，但刚才这场，雪甲女子修罗杀神般的雷霆一击，他们可是瞧得清清楚楚。正是此消彼长，就算他们现在心中有何不忿，但一想到对方的手段，也只得化为一腔惧意。

呆愣一会儿，觉出身后教民情绪低落，金钵僧觉得自己也该有所表示。朝对面望了一眼，他便把手中金钵小心地藏到袖里，又回头跟心腹教徒交代了一两句，然后脚不点地般朝祝融门那边飘然而去。

见他到来，除了琼容只顾忙着拿目光瞄他袖口之外，其他人大都心生戒备，生怕诡计多端的和尚再弄出什么花头来。

只是，这次他们倒是多虑了。和他们这副紧张神色相比，向来咄咄逼人的金钵僧，此时态度倒颇像那渐渐放明的天光，端的和煦非常。

据他所言，此次赌斗，原本也只是为了将神教光辉遍布到更多地方，并非寻常江湖门派之间的吞并。不过，既然他们已失败，此事便就此揭过。

看着眼前僧人忽变得如此通情达理，口中话语软款无比，小言心中倒有些愧意，毕竟不管怎么说，自己这方刚刚伤了他们两条人命。

就在他见着眼前之势，想要表达几句歉意之时，却听金钵僧已是话锋一转，冷语言道："张施主，有一事我们须得说个明白。"

"嗯？何事？请说。"见金钵僧忽然语气不善，小言倒有些愕然，不知他要说啥要紧事。

只听面前的和尚森然说道："张施主，虽然我们之间曾有君子协定，比斗中死伤各安天命，但老衲以为，现下场外那些官府衙役，恐怕不一定会这么想！"

原来，通观全局的金钵僧早就注意到，围观人群之外，正游荡着不少衙门差役。

这些差人，正是阳山县令所派。这位阳山县令，得了当地教门聚众比斗的消息，虽然不便阻止，但也怕万一出了乱子，落下了失察之罪，于是便派出衙中得力捕头差役，来松山下监视。

净世教上师见今日无论如何都讨不得好去，便借题发挥，想要借着官府之势，看能不能反败为胜。如果能让这几人下狱，那更是大妙！说起来，即使这几个男女再厉害，难不成敢跟势力庞大的官府斗？

这一番急智，也委实难为了这个金钵上师。若换了旁人，当此新败之际，哪还有暇想到要反咬一口？而他这几近无赖的话，听在邹彦昭、石玉英等人耳中，虽然人人心中大骂他无耻，但也明白，若按金钵僧往日名头，他就是没理也能搅出三分，又何况现在他们确实死了人。若是这贼和尚一路放赖下去，以他们净世教在地方上的实力，县令未必不会屈从于他们的诬告。若是因此事连累了这几位恩人的性命，那自己真是万死莫赎！想到这一点，原本欢欣鼓舞的邹彦昭、石玉英等人，脸色便有些发白。

与他们的惶然相比，被金钵僧两眼紧逼之人，只在初闻此语时微有些愤色。停了一下，低头略想了想，便见这清俊少年已恢复了平常神色，不慌不忙地说道："你这话，倒也有理。不过既然阁下这么说了，那我也有一事不得不提。"

"哦？何事？"这回换金钵僧惊奇。

便见眼前少年转头望了望那几个分开人群去寻衙役的净世教教徒，然后回过头来淡然相告："其实也不是什么大事，上师有所不知，小子不才，还是朝廷御封的中散大夫。既然你有心要告，那按官家惯例，我须让你知晓。"

见眼前僧人闻言一脸愕然，小言哈哈一笑，继续说道："上师须知，我这中散大夫虽算不上什么高官贵爵，可在当朝也勉强算在'八议'之列。若你坚持要告，我自当奉陪。"

说到此处，发觉眼前和尚震惊中犹带一丝犹疑，于是身兼中散大夫的张堂主便又一笑，傲然说道："至于我是否是中散大夫——抱歉，随你信不信。

印绶珍贵,不便予闲杂人等观看。若你真去告官,我自会让县令大人查验。"

说罢,便转头一声呼喝,唤上同样震惊的邹彦昭、石玉英等人,与一班门众扬长而去。

这时,虽然天上的云阵渐渐松动,偶尔在春野上漏下几缕明亮的阳光,但在松山峰峦的遮蔽下,阔大的石坪斗场大部分地方仍然笼罩在一片阴影之下。

与灰暗的天光相似,在场的净世教教徒们也大都心情灰败。看着两个覆着白布的横死贤师,底层教徒不禁起了些疑惑:不是说加入神教,就能避过赤火天劫? 为何连封、罗这两位修行积善极为出色的贤师,最后也都丧命在火劫之下? 如果他们都逃不过劫数,那自己将来又如何能修炼渡劫?

说起来,净世教教徒大多是社会底层民众,对现实苦难颇为无力。现在正好有净世教这因头,便入教抱成团,至少可保不被别人欺负。

事实上,自入教以后,这些原本软弱之人,倒大都可以去欺压别人,真是好生出了一口恶气。得了这些好处,他们自也心甘情愿接受那些渡劫教义的洗脑,渴望能早日脱离俗世的生活,在大劫之后成为凌驾他人之上的高等存在。只是,今日这两场比斗,却让他们原本坚定无比的信仰,如第一缕春阳照上冰封冻土,不知不觉中便开始融化动摇起来。

与他们形成鲜明对比的是,此刻得胜返城的小言、邹彦昭等人,却是兴致高昂。虽然此时阳光未明,他们却觉得春光从来没像今天这样明媚过。一路行来,一路交谈,快活得就好像在踏青一样。

走了一阵子,琼容突然想起来一个问题,于是便开口问道:"哥哥,什么是'八议'呀? 为什么那老和尚听了就不想跟你说话啦?"

听身后小妹妹甜甜地问起,与她同乘一马的中散大夫便和蔼地解释道:"妹妹你不晓得,凡是位列'八议'之人,不小心被人告了,可以不上堂,不受刑讯。若真定了罪，还得报到朝廷里让那些大官商议。即使最后定罪，还要奏请皇帝御批——"

说到此处，小言突然想起来此刻身后的小丫头，一定是满脸不解，于是便换了口气，干脆利落地说道："反正就是那贼和尚若去官老爷那儿告我，基本告不倒！而你雪宜姐姐，虽然不能直接用这法子，但既然老和尚要赖，那我也可以说，你雪宜姐姐是我婢女，家奴打死人，都是我指使，怪不得她。反正就是一阵胡搅蛮缠，保准让这坏人讨不得好去！"

说到这儿，小言脸上又露出久违的狡黠笑容，而他身后那个永远只准备站在哥哥这边的小丫头，丝毫不晓得去计较他这些说法是不是符合圣人礼教，只顾在那儿拍手欢叫："我就知道哥哥本事最大！"

这日晚上，邹彦昭等人便在石玉英府上大摆庆功筵席，小言三人自被奉为上宾。

红帕会会首石玉英，乃郡中首富遗孀，身家十分殷厚，她本人又急公好义，才会被推为会首。

此时，石府高门大院中，红烛高照，画堂中热气蒸腾。数十道鲜美的菜肴，如流水般送上席来。小言、雪宜、琼容三人，被共推在筵席上首安坐。

这时候，邹彦昭等人对小言的称呼，已从"张少侠"变为"中散大人"。只不过，他们如此称呼了数声之后，小言总觉得这话不是在叫自己，便要求他们呼自己"小言"即可。

庆功宴开始不久，细心的石会首便注意到平易近人的中散大夫，脸上神色竟似颇为不乐。不知这位恩公有何心思，于是她便觑个空儿，跟坐在小言旁边的邹巫祝使了个眼色。见她提醒，又瞅了瞅小言的神色，邹彦昭便小心翼翼地开口问道："张少侠，是否有事烦恼？"

邹彦昭还是不敢僭越,不敢直呼中散大人名讳:"少侠请放心,若有何事要用到兄弟,只要知会一声,哪怕是刀山火海,兄弟们也要为你闯一闯!"

见这磊落汉子拍着胸脯保证,小言甚是感动,说道:"其实也不算什么大事。只是小弟今日竟杀了人,每想起来便甚觉苦恼。"

对小言来说,虽然事后左思右想,都觉得杀死封如晦、罗子明这两人,丝毫没什么不对,也绝不会有啥愧疚。只是,这毕竟是他第一次杀人,无论事理上如何说得通,但自己毕竟亲手夺去了一条活生生的人命。一想起来,他就觉得十分别扭,浑身都不自在。

听小言说出烦恼,祝融门的巫祝邹彦昭却哈哈大笑起来。笑罢,便见粗豪汉子将杯中之酒一仰而尽,大叫道:"封如晦这厮,往日不知伤了多少无辜性命。今日少侠将他铲除,正是大快人心。这种害人恶徒,又如何值得少侠为他烦恼。更何况,若是这厮今日不死,日后不知还要害多少人呢!"

听了邹彦昭粗声大嗓的话,原本心神烦乱的小言顿时一凛,品了品话中含义,便赶紧起身取过酒壶,亲自为祝融门巫祝斟满杯中酒,然后向他举杯道:"邹兄所言极是,小言受教了。这杯我敬邹兄!"然后,便将杯中美酒一饮而尽。待他饮罢,受宠若惊的邹彦昭也将杯中酒一口气喝完。

将一杯烈酒咽下肚,小言豪兴大发,长身而立,对着眼前席间相陪众人朗声说道:"方才确是小言糊涂。在下曾读经书,中有圣贤言:'天地不仁,圣人不仁,杀而成人;凡夫不仁,俗子不仁,杀而害人。虽同杀,不同道也。'今日我与雪宜,除去那俩害人恶徒,只不过效仿圣人之道罢了,又何须介怀!"说罢,举杯痛饮一口。

见筵席主角开怀,席间气氛便又重新热烈起来。

又过了一阵,坐在琼容旁边的红帕会会首石玉英,见身旁粉雕玉琢的小姑娘开席已久,却几乎没动筷子,便觉得甚是奇怪。得了空儿,面相雍容的石会首便悄悄问琼容:"张家小妹妹,为何放筷,不吃菜肴?"

听妇人相问,平素活泼的小姑娘却只静静地答道:"不太想吃。"

听她这么一说,身为主人的石玉英顿时紧张起来,急切问道:"不想吃?是不是这些菜味道不好?"

"也不是。其实……"见这位和蔼可亲的大姐姐如此关心,琼容便有些不好意思地告诉她,"其实从今天开始,琼容就要节食了!"

听清她这话,小言、雪宜全都看向琼容,不知道她又在捣弄什么事。

石玉英也来了兴趣,含笑问她:"为什么想要节食呀?"

"因为……"说到这儿小姑娘有些害羞,低下脸绞着指头说道,"因为琼容总是贪嘴,都有些胖了。不光飞不起来,将来就连好看的衣服都穿不了!"

原来昨晚沐浴时,她听雪宜姐姐说,女孩儿家不能太贪嘴。她一鳞半爪地记下了,再加上她本就一直怀疑自己飞不高,是因为自己太馋嘴,于是琼容那小小的心眼儿里便痛定思痛,决定从今天开始,要节制,坚决不再贪吃!

听了她这话,石玉英不禁与小言、雪宜几人相视而笑。眼前口称想要节食的小姑娘,现下只不过面颊微鼓,正是可爱非常,又如何称得上胖?

"这样以后会不会节省些钱粮?"这是小言听了琼容话后的第一反应。只不过,才稍一转念,四海堂堂主就觉着此事荒唐,便要打消琼容的念头。正要开口,却见石会首已然举筷夹了一物,伸到琼容面前,笑言道:"小妹妹,这醉香水晶鸡,是我阳山石家最有名的一道菜。十分好吃!你不尝尝?"

石玉英此时正与小言心思相同,在她眼里,琼容正是长身体的时候,实在不宜太单薄。

立志节食的小丫头,盯着眼前清香四溢、宛若透明的酥鸡,迟疑了半晌之后,便探出脑袋将水晶鸡块一口叼住,口中含糊不清地说道:"那……节食还是从明天开始吧!"

瞧着正在大嚼的小妹妹,少年堂主越看越怜爱。忽想到一事,他便朝身旁静静进食的雪宜说道:"雪宜,今日我才知道,肌肤粉白的女孩,还是穿上白衣好看。赶明儿个,你就和我去街上绸店布庄转转,也给你琼容妹妹做一套。"

"是。"

且不提石玉英府中张灯结彩,人人欢畅,再说这日深夜,净世教坛口一个偏僻的居室中,阳山县仅存的教中首脑正一脸凝重地细听来人禀报。

待眼前一身仆役打扮的教徒,一丝不漏地禀明今晚石府酒筵情状,金钵僧便取过一锭白银,赏给来人,让他小心回去,不得泄露行踪。

待送走来人,整个昏暗的精舍中只剩下他一人之时,这个一直庄肃的净世教上师,顿时便松懈下来,一下子仿佛苍老了十岁。抚着手中那把已经黯淡无光的斩魂刀,金钵僧浑浊的老眼中,竟似有泪光莹然。

静默良久之后,被破窗而入的寒凉晚风一激,他那双似已失去生机的眼眸中,突然爆起两点湛然的寒光。一瞬间,金钵僧整个人都为之一振,仿佛又恢复成那个掌握事事的净世教老禅师!

此时,窗飘来的几缕晚风,正将如豆的烛火吹得飘摇不定。烛光摇曳之时,便将金钵僧安坐的身形,在对面墙壁上撕扯成奇怪的暗影,忽长忽短,光怪陆离……

第二十一章
一时不察，身陷两难之局

就在金钵僧独坐静室冥想之时，小言也躺在床榻上静静出神。门外院中转角的青竹在晚风中沙沙作响，微朦的月辉如水银般流泻下来，正是满窗月华。

出了一会儿神，小言忽然想到一件事："今日见过封如晦、寇雪宜的手段，才知手中兵器还可以这么使用！"

一回想起斩魂刀碎月流星般的刀芒，还有寇雪宜灵杖击出的花飙雪浪，小言便艳羡非常。

"若有空闲，我也得去寻个刀剑师父，正经学些剑法……"带着这样的念头，已折腾了一整天的小言才沉沉睡去。

第二天一早，小言记起昨日之语，说要为琼容置办一身白色裙裳，于是用过早饭之后，他便和琼容、雪宜一起上街采买去了。见过这几人手段，邹彦昭等人自不用为他们的安危担心。中散大夫今日仍在阳山逗留，主要还是生怕金钵僧不会善罢甘休，待他三人一走，便会前来寻仇。此刻，小言心中正是为难：所谓"树德欲滋，除恶务尽"，听闻金钵上师也只是表面道貌岸然，罗子明、封如晦暗地里那些恶事都似是他在背后指使。这样算起来，这和尚也是恶贯满盈，不知是不是该想想办法，为阳山百姓永远除去这一祸患。

小言在绸店布庄中流连之时，顺便跟雪宜询问起她昨日的身法。见堂主相问，雪宜便将自己所知认真说与他听。据她所言，这格斗关窍，最重要的便是要心无杂念，一往无前，这样方能做到人杖合一，无坚不摧。听她这么一说，小言倒似有所悟，只是在这店内坊间，一时也没机会试练。

逛得一阵，小言就觉得有些奇怪起来。这阳山也算繁华，绸铺布庄不少，但走过几家店铺，偏偏白色的布绢要么缺货，要么粗陋不堪。更过分的是，这些质地极差的白布，要价却特别贵。暗骂商家无良，小言他们只好继续一家家地耐心寻找。

又走过四五家商铺，身边这俩女孩仍保持着极高的兴致，每到一家都认真挑拣，只是熟知行情的堂主却觉得甚是晦气。

看出他有些不耐，善解人意的店主便出言指点，说城东门外有一家新开的布店，专营白色绢绸，若是他愿意走些远路，不妨去那边看看。

半日无果，小言正自倦怠，一听内行人指点，不疑有他，他赶紧拉上琼容、雪宜，兴冲冲地往城东门外寻去。

阳山与浈阳不同，地非险要，城墙外也无护城河防护。虽然已出城门，但仍是店铺林立，与单薄的城墙内没什么两样。小言出了东城门，一眼便望见那片商铺中，有一家门前挑出一条"专营上等白绢"的布幡，布幡正迎风招展。

待走进这家店铺，小言便发现专营之名果然不虚。除了少数五色彩布之外，这家铺子里几乎全是各种纹样的雪色绸缎纱绢。

一下子看见这么多好看的白绢，琼容顿时一声欢呼，拉着雪宜便去布堆中细细挑选。这些绢绸花纹各异，直让人眼花缭乱，难以取舍。只不过，虽然觉得大多都很好看，但懂事的小丫头深知自家堂主哥哥花钱的习惯，便认真细致地挑拣起来。

见两个女孩把挑选合适布绸当作大事，叽叽喳喳探讨个不停，小言也觉甚是有趣。看琼容、雪宜现在这情形，快赶得上平日习文练字的认真劲儿了。

在她俩紧张挑选之时，小言便和这家店铺的胖老板攀谈起来。当然，主要话题还是围绕着这些布匹的价钱进行。

正当跟老板讨价还价到了关键之时，小言却突然发现面朝门口的圆脸胖老板面容突变，一脸不可思议的神色。小言见状，赶紧转头看去，见门外大道上有两个粗壮的大汉，正扛着一个年轻妇人匆匆而过。

经过店铺门口时，这俩汉子肩上的女子虽然双目紧闭，如遭梦魇，却似乎仍存一丝神志，拼命挣扎了一下。虽然无济于事，却也让这两人缓了一下脚步，刚好让小言看到。

"不好！定是无良恶徒行不法之事！"只稍稍一愣，小言立即清醒过来，往日从茶楼酒肆听来的传闻涌上心头。

"罢罢！看来这阳山县风俗不佳，光天化日之下敢做这等恶事！"路见不平，热血少年自当拔刀相助。看了一眼正兴高采烈挑拣绢绸的小妹妹，小言觉着这等小毛贼自己应能对付，她俩正在兴头上，无须惊动。

心下打定主意，他便跟眼前的胖老板轻声交代了一句，然后朝琼容、雪宜那边打了声招呼，说自己先出去透透气，一会儿就回来替她们付钱。

听到小言这声轻描淡写的招呼，琼容"唉"了一声，便又专心品鉴起哪样白绢好看来。一脸和气的老板也挺知趣，见这负剑少年不愿惊动两个女孩子，便也噤声不言，只打着手势让他快去追那俩恶徒。

闪身出了店铺门，小言赶紧朝那两个扛人大汉刚刚闪过的方向看去。

这一瞧，他就放下心来。似乎因那个被抓女子不停挣扎，那俩恶徒并没走出多远。见这样，小言赶紧就朝那两人拔腿追去。

此时，小言与阳山县城正是背道而驰，而那两个恶徒似乎知道有人来追，便脚下发力，顺着官道朝郊野逃去。见他们如此，小言不敢怠慢，赶紧发力狂奔，掀起一路烟尘，尾随在他们身后紧追不放。

见他如此，两个在前面奔跑的汉子却是叫苦不迭："妈呀！这小子腿真快！上师还吩咐咱要不紧不慢，小心别让他跟丢，可看这样子，若不使出吃奶的力气，恐怕到不得地界就得被他追上！"

于是，这俩素以腿快闻名的健汉，赶紧撒开脚丫子狂奔，片刻工夫，便已到了一处树林旁。

见到了地方，这两人如蒙大赦，背着妇人一头钻进林子。急切之际，也顾不上要寻个平整的地方，一进林子他们便赶紧将扛着的女子放下，然后觑得林间一个缺口，喘着粗气连滚带爬地仓惶逃走了。

他们前脚溜掉，小言后脚就到。

这处夹道旁，正有两片小林，风吹叶响，绿意盎然。透过稀疏的林木，可以清楚地看见那个横倒在树干间的女子。

只不过，现在被救之人虽近在咫尺，原本热血沸腾的小言却反而冷静下来："奇怪，这俩恶徒既见我追迫甚急，为何还要等逃到这片树林后，才将那女子丢下？"

看着这片小树林，小言大犯踌躇。毕竟，他入罗浮山之前，便早已从坊间谈闻中听得，"逢林慎入"，正是江湖好汉们奉行的不二准则。

"进，还是不进？"就在小言犯嘀咕时，却听到不远处猛然传来一声暴喝："终于让我逮到了！"

"咦？"听着这声音似乎是冲着自己喊的，小言莫名其妙之余，赶紧转头望去，却见道旁另一侧的树林中，离自己所立之处五六丈远的地方，突然冒出一群人来，略数数，竟有三四十人之众。为首一人，满脸络腮胡，正气得脸色发青，怒吼连连，一马当先朝这边奔来。

"呀！果然有诈！"一见这些人气势汹汹朝自己奔来，小言心知不妙。不过，此时他心下还有些庆幸："幸好，还没进那林子，否则就真说不清了。"

只不过，他这想法也只是一厢情愿。待那青脸汉子奔到近前，不由分说便将他领口一把抓住，怒吼道："好你个恶徒！终于被老子抓到了！"

直到这时，小言才发现眼前的中年汉子，脸色并非是气得发青，而是半边脸颊上有一块巴掌大小的青色胎记，值此愤怒之时，他脸上筋肉扭曲，衬着这青色胎记更是狰狞吓人。

这青脸之人，名唤陈大郎，阳山县东城人氏。因脸上这块胎记，旁人又都唤他为"陈鬼脸"。

他因自己相貌不佳，遂对妻子管束很严，严苛名声早已传遍街坊四邻。

今天一大早，陈大郎听闻后院一阵响动，待他奔到后院，却发现正在后院洗衣服的老婆不知所踪，他在家中四处着忙搜找，却是遍寻不着。

陈大郎如没头苍蝇般奔出家门，哭丧着脸向左近街坊邻居打听，没过多久街边便有"好心人"，说方才见一年轻人，身后负剑，掳掠了陈嫂往城东而去，瞧那身形，似乎还颇有些武功。一听此言，陈大郎顿时慌了手脚，赶紧大许好处，恳求街坊四邻替他出头，和他一起去将妻子抢回。让他颇感欣慰的是，没等他怎么说，街边巷角便涌出不少"好心人"，一齐嚷着要替他打抱不平。

陈大郎满怀感激之情，急着和临时聚起的三四十人，浩浩荡荡朝城东杀去。只是，稍后让他有些失望的是，出了东城门一路赶来，却没发现老婆一点踪迹。

正沮丧时，旁边"好心人"便告诉他，那恶徒在阳山出没也不是一两日了，其实他们早就暗中留意了。经得多日观察，终于让他们发现，原来那恶徒掳人得手后都要绕一大圈，以防别人追上。只不过，最后都会兜回到城郊偏僻树林，他们只要在树林中埋伏等待便是。

听得这番话，六神无主的陈大郎立即火烧屁股般催着这个"好心人"，赶快领着大伙儿去那处树林。很快，这支规模庞大的队伍就在小树林深处静静地潜伏下来了。这些人隐藏得很好，以至于林中那些鸟雀，仍在他们头顶自由自在地跳跃鸣叫，丝毫不受惊扰。只不过，自然造化中这些动听的春之乐曲，潜伏者们却没一个有心思去听。

过了大半个时辰，正当陈大郎耐心快要被消磨殆尽之时，只听得林外依稀传来一阵脚步声。只一会儿工夫，那噔噔的脚步乱响声便离得近了。一听这不寻常的脚步声，已等得心急的陈大郎忍不住探起身子，便要一跃冲出林去。只不过他刚一起身，便已被身旁的汉子拉住："大郎且莫心急！那贼徒还未入林。若是现在就将他惊跑，恐怕我们人再多，也捉他不住。"

听得这一阵悄声细语，冲动的陈大郎又冷静了下来，感激地看了身旁"好心人"一眼，便又耐心地伏下了身子。

过了一小会儿，旁边那个汉子听了听，发觉林外已没了人声，便猛一拉陈大郎，然后一跃而起。于是，这三四十人的队伍就在陈大郎带领下，发一声喊，气势如虹般从树林中冲出，朝呆立林边道上的小言狂奔而去！

见小言并未如预期一般进入林中，那些陪着陈大郎冲击之人有些愣怔。不过现在义愤填膺的陈大郎可顾不得这些，一见小言与这些好心人描述的特征相同，立时就有一股血直往脑门子上冲，不管不顾地奔过去一把将小言领口揪住，破口大骂！他身后之人，见小言看到陈大郎骂骂咧咧冲过来后，仍然被轻易地揪住领口，个个都大松了一口气，放松了紧绷的心神，然后他们便奋不顾身地冲上来，将两个对峙之人团团围住。

见这些人来势汹汹，小言一惊之后，立即就明白自己遭了奸人陷害。

不幸落入圈套的少年堂主忙大呼冤枉："这位大哥且莫动手，有话好好说。其实我也只是过路行人……不信？您没见我还站在这路上，连林子都没进？"

可是他眼前之人现下正是怒火攻心，颈上青筋直暴，怒喝道："咄！我陈大郎可不信你这妖人的鬼话！"

正吼叫间，有同行之人从林中将那妇人扶出，大叫道："陈大官人，大嫂果然在此！"

一听这话，陈大郎安心之余，怒火更旺，手中攥紧小言的衣领，大喝道："好你个妖人！敢用妖术将我娘子掳至此处。现在人赃并获，你还有何话说?!"

急切间，陈大郎也顾不得用词，只在心中不停给自己打气，准备要给身后背剑的妖人脸上来上一记。

就在陈大郎口中"妖人、妖人"地唤着，心里踌躇着想在妖人脸上揍一拳时，小言心中也正做着激烈斗争："晦气！眼前这些人，虽然来势汹汹，但恐怕也是受人蒙蔽，看样子都是些平民。虽然我有一身法术武艺，用在他们身上却有些不便。可是，这回与上次在浥阳时不同，那回只有一个村汉来与我胡搅蛮缠，这次却有许多人。若不用法术，即使自己力气再大，也全无用武之处。"

正所谓"双拳难敌四手"，何况现在身边人声鼎沸，自己四面楚歌，瞧这情形，若不用法术，就算自己有通天武功，一时也难以脱身。一时间，小言和面前的陈大郎一样，陷入进退两难的境地。

就在陈大郎踌躇、张小言苦思对策之时，这俩陷入僵持之人都没注意

到，就在他们周围这一片混乱的人群中，有三四个寻常打扮之人，竟先后从袖管中抽出锋利的匕首，不动声色地朝他俩靠过来。这些暗藏的锋刃上，闪动着青幽幽的光华，显然涂有剧毒。

渐渐地，那几个心怀叵测之人在小言身旁众人有意无意的遮掩配合下，已成功靠近小言身旁，隐隐形成一个交错包围之势。看来，只要再耐心等上片刻，这个弑杀神教贤师之人，便要丧身在奇毒无比的刃牙之下了！

看着小言兀自懵懂不知，还在那儿挣扎着和陈鬼脸说理，这些人脸上不禁露出几分居高临下的怜悯之色……

在这紧要关头，无论局中之人，还是局外之人，都只顾得眼前的纷争，此刻那些和煦的春风、明媚的春阳、如烟的春树、啁啾的春鸟，无论多么美妙动人，都已与自己无关了。

只是，眼下这片如波涛般动荡不安的人群，却突然间渐趋凝滞。

此刻，无论是苦苦纠缠的小言，还是暗流涌动的众人，忽觉天光渐暗，几乎同时听到，原本被自己忽略的天空中，正传来"啊啊"的鸣叫。与向来听惯的鸟鸣不同，此时高邈云天上的鸟叫，不知何时已变得壮大恢宏，震耳欲聋！

听着这异响，几乎所有人都忍不住仰头朝天空看去，只见原本片云也无的晴朗天空中，已飞满了各色禽鸟。这些繁密翔集的飞鸟，交织成一片阔大的乌云，遮住了天边的日光，在他们站立的这片土地上，投下巨大的阴影……

第二十二章
虎步鹰扬,壮灵先以杀物

这天上午,天气晴和,郊野中花香柳媚,万紫千红,说不尽的春光明媚。只是,阳山县外这条偏僻的林间小道上,却是人声鼎沸,没人有心思欣赏身边的红尘美景。

当然,此时更不会有谁注意到,就在倒霉的小言被围之际,道路边不远处,一朵柔嫩野花上,正停着一只粉色的凤蝶。偶有清风斜掠,这蝶儿就随着花枝一齐摇曳,微摆的粉翅映着日光,流动着虹霓的彩华。

也许,这只不过是春日碧野中一个常见的情景,但就在汹涌人群中毒刃隐现之时,这只异色的凤蝶,却展翅翩然飞下花朵,甫一堕地,竟化作一位风姿绰约的娉婷少女!

幻化为人形之后,女子便如穿花蛱蝶般朝远方倏然飞逝,一路只留下一道淡淡的虚影。

这时,小言也还是懵懂不觉,只在心中踌躇,不知应否施法将这些平民驱散。而此刻,那几个暗藏的刺客已逼得更近了,眼看就要下手。瞧着近在咫尺的目标,这些人眼中已露出一丝喜色:"哈,这少年终究还是年少!"

刚冒出这种想法,却不料,如同天狗食日一般,眼前天光蓦然大暗。

察觉异变，这些心怀叵测之人便抬头细瞧，谁料才来得及看见一大片乌云蔽日，就听得一阵风声大作，无数只猛禽从天而落，朝自己凶狠啄来！

这时候小言也觉出异变，忍不住抬头观看。和那些人一样，猝不及防下他也是大惊失色，赶紧抬手护住面门，生怕被这些突如其来的凶禽伤着。只是才一眨眼工夫，小言便发觉出怪异来：在这些禽鸟扑击之下，自己毫发无损，眼前那些人却被啄得四散奔逃！

展眼看去，只见成百上千只体型硕大的猛禽雕、鹰、鹫、枭、隼、鹞、鸥、鸮，或性情温顺的鸠、鹣、鸽、鸦、鹑、鸰，正从云天上铺天盖地而来，发了疯一样地朝地上猛扑。才一小会儿工夫，眼前这些人就大都血流满面，呼号连连，便连那无辜的陈氏妇人，纷乱之中面庞上也被抓出好几道血痕。

四散奔逃之际，那些暗藏毒刃之人，还想挥刀格挡。却不料这些扁毛禽类甚是通灵，一击不中，就飘然飞离，待此人懈怠之时，却又飞身而下，再度攻击。于是过不多时，那几个净世教特地挑选出来的死士已作鸟兽散，没头苍蝇般落荒而逃。

见他们已被击溃，这些禽鸟重新飞回天空盘旋，就好似有人在指挥一般。

突如其来的攻击过后，待小言再去看时，却见周围一片狼藉，就好似刚刚发生过一场惨烈的战斗，四下里伤丁遍野。见小言周围猛禽密布，那些心思灵敏的，早已忍痛拼命溜到旁边林地里；而那些反应不快的，已失去逃脱机会，只得以手抱头，横七竖八地倒在小言周围。

刚才这一幕发生得实在太快，直到这时小言才有些反应过来。思忖着刚才的奇事，他忍不住再次抬头望天，盯着那些兀自盘旋的飞鸟怔怔出神。

就在他呆望之时，忽听身旁有人呼唤："张堂主可无恙？"

小言闻声赶紧转头看去，只见道路上站着一男一女，朝自己关切看来。

两人之中那位男子，身形高大，相貌甚是奇异，隼目鹰鼻，面容坚毅，身着玄黑箭衣，背后一领漆黑的披风随风飘动，凛然有一股狠戾之气。他身旁的少女，却甚是轻盈娇柔，看样貌十四五岁，鬟梳双髻，眸灵如水，眉弯似柳，眼波流转之时，娉婷之余，更添得几分妩媚。此刻，她身上着一袭榴红粉裙，随风拂动，恰如迎风蝶舞。

那两人此刻也在打量小言。只见小言面容平和，仍是那样超雅清绝，剑眉扬处，似笑非笑，自有一股恬淡逍遥之气。观看之时，见小言朝他们看来，男子与少女赶紧一躬身，齐声说道："见过张堂主！"

"咦？"听他们如此称呼，小言好生讶异，"两位知道我的身份？"

见他疑惑，鹰鼻男子便又施礼说道："堂主那日在嘉元会上一鸣惊人，此刻天下修道之人，哪个不知堂主的威名？"

"这……有传得这么快吗？"听到这过誉之词，小言仍觉得不可思议。

不过既然听他说了由头，小言也不再追问。心中一转念，他便躬身一揖，谢道："阁下过奖。那次只不过是临场救急。倒是刚才这事，要谢谢二位替我解围！"

"呀！"见他如此恭敬，那两人却似慌了手脚，赶紧避让一旁，忙不迭地还礼。

见两位异人如此拘礼，小言甚是不解。不过看他们惶恐之态，也不便再多礼，只开口问道："不知两位侠士如何称呼？"

见小言相问，男子肃然回答："侠士不敢当。在下殷铁崖。这位是'花间客'应小蝶。"

应小蝶便盈盈一笑，福了一福，说道："'花间客'只是旁人雅称。堂主叫我小蝶便可……"

正在这萍水相逢的三人互相对答之时，却冷不防听到有人厉声喝道：

"两位是哪派高人？为何要阻我净世教行事？"

小言闻声转头看去，发觉说话之人，正是刚才在青脸人身旁的汉子。一听此言，小言这才猛然醒悟，刚才这场风波，绝不是什么简单的误会！念及净世教往日暗地里那些不择手段的恶事，小言顿时惊出一身冷汗！

正在他惊怒之时，却听殷铁崖哈哈一笑，朝不敢走近的汉子傲然喝道："你这鼠辈，暗箭伤人，还敢涎着脸来说什么行事。若问我等是何门派，你且往天上瞧！"

说罢，殷铁崖如苍鹰般啸唳一声，然后抬手朝天一指。顺着他的手势，小言与周围那些净世教教徒，一齐朝天空看去，却见浩渺青天上，已不见了先前阴云般的鸟阵，白云旁飘荡着两个大字：玄灵。

乍见这样异景，众人全都大惊失色。

等目力甚佳的小言仔细看过，才发现这巨硕的"玄灵"二字，是由无数只飞鸟组成，翅羽扇拍之际，便让这两个奇异的字如漾水中，随波起伏。

"奇哉！这二人果然不是常人。"小言心中赞叹，顿时便起了结交之心。那些净世教徒见了这番妖异景象，不敢再兴什么念头。毕竟，这少年郎不是妖异，自己才敢"妖人、妖人"地叫唤，若真遇上更像妖人的对手，却反而不敢再肆意叫骂了。

这些净世教教徒，事前不光得了重金许诺，他们那位金钵上师还信誓旦旦地跟他们保证，说少年虽然法力惊人，但心地良善，不伤平民，所以只要他们扮作寻常模样，就可以放胆行事。

只可惜，本就是壮着胆子而来，不承想还真能惹来妖怪，于是这些欺软怕硬之徒，看到天上鸟作异字后，尽皆顾不得疼痛，一骨碌爬起来，哼哼唧唧地逃走了。

不提他们踉跄逃跑，再说小言，看见天上这俩字，却丝毫没啥惊恐。想起当年鄱阳湖上的彤云结字,现在这情景倒让他觉得挺亲切,便问殷铁崖:"两位是玄灵派的? 想不到竟能驱使鸟族!"

"区区小术,何足夸赞。我二人正是玄灵教门徒。"殷铁崖恭谨回答,"在下不才,忝为玄灵教羽灵堂堂主。这位应小妹,正是堂中令使。"

说这话时,羽灵堂堂主一脸凝重,郑重介绍,他身旁那位羽灵堂令使应小蝶俏靥上也是一派肃然。

"哦,这样啊,不错不错!"小言口中应答,心中却有些疑惑,不知这二人告知自己这事时,为何要如此郑重其事。

就在这时,小言却觉着眼前原本恢复明亮的天光,忽又黯淡下来。正要再朝天上观看,却猛听得前方树林外,突然传来数声惨叫,声音凄厉,状若濒死。

大惊之下,小言顾不得再跟二人酬答,赶紧奔出数步,朝惨叫声传来之处看去。却见林外旷野远处,不知何时已腾起一片血色雾团,若丘若柱,如有实质,正朝自己这边辗转而来!

不停蒸腾凝聚的巨大血雾,行进虽然不算迅速,却有一股巨大的吸力,不仅逃近的净世教教徒,瞬即横飞而起,被血雾吸入,就连还离了十数丈之远的自己,也觉得手脚突然展动不便,如被束缚。

这时,原本在天穹翱翔的飞鸟,有些也经不住血雾的牵引,扑簌簌堕入其中,连毛带羽被吞噬殆尽。这血雾,如噬灭一切的恐怖恶魔,所过之处草木俱都枯萎焦黄。慑于它的邪威,此刻天边的鸟群禽阵,一齐朝后不停退却。

刺眼的血雾,凌人而至,仿佛要吞灭眼前天地间一切生灵!

此时,小言反而镇静下来,浑身太华流转,便如同有了另外的灵觉,让他的眼光穿透铺天盖地的血雾,瞬间看清隐藏在暗处的那个面目狰狞之人。

此时，玄灵教殷铁崖与应小蝶，也已赶到小言身后。见空中飞鸟不断坠下，羽毛四下纷散，两人都愤怒非常。正要有所动作，却见身前小言背上剑鞘中一声龙吟，鞘中剑已倒飞入手。之前对答时面色从容的少年，此刻口中发出一声愤怒的吟啸，身形略略低伏，然后便似离弦利箭般朝前迅疾奔出。

如果此时还有谁能看清他的面容，就会发现那张原本清俊恬和的脸上，此刻现出几分刚毅之容。

现在小言身体里，那股与悖乱之气天生作对的太华道力正不停地汹涌躁动。不知纯粹是因为心中的愤怒，还是交织进了这股前所未有的莫名躁动，小言现在只恨不得将血雾后催动邪阵之人，一剑屠灭！

就在小言如渴骥怒猊般冲击之时，身体中那股太华流水的流转越来越快。就在水到渠成之时，小言仿佛福至心灵，忆起冰雪仙灵雪宜"人杖合一"的话语，一声怒叱，将手中之剑顺势朝前一扬，那一瞬，他便似一只逆风搏击的鲲鹏，正向前飞扬起雄劲的羽翼！

刹那间，殷铁崖、应小蝶二人，便看到从小言手中高高扬起的黝黑剑身上，应声飞旋出两团绚烂的光轮，一团银洁如月，一团金灿似阳，交缠回旋着朝血雾飞舞而去。令二人奇怪的是，这一阴一阳两道流光剑斩，虽破空时声势煊赫，但对它所经之处，却似乎毫无影响。日月光轮飞驰过处，春野里柔弱的小花，依旧轻轻摇曳，似乎丝毫不知有肃杀万端的光斩，正从自己娇嫩的花茎上倏然掠过。

"这是……"正在玄灵教羽灵堂二人惊奇之时，却已听得一阵凄惨不类人声的呼号，从巨大的血雾后传来，只稍一传出，便戛然而止。而那气焰熏天的血雾，刚被两朵阴阳光斩穿体而过，瞬时便消溃黯淡。等到小言奔到血雾之中时，原本牵引吞噬生灵的血色魂雾，反而朝他不停汇聚。转眼间，漫天的血魂便已雾散冰消！

待血光散尽,殷铁崖见远处旷野中孤零零伫立着一个光头老僧,一动不动。显然,这和尚便是刚才阴邪血阵的催动者。于是,愤怒的羽灵堂主将手一挥,便见原本在天边不住退却的禽阵,略停了一下,然后如同高崖上开闸的水瀑,洪流般朝静立之人轰然扑去。

待眼前漫天的羽翼散去,小言再觑眼细瞧,却发现那个刚被自己击得魂飞魄散之人,早已荡然无存。

"以身喂鹰……对他而言,他们佛门这典故,也算是一句谶语。"

小言现在已恢复了平静。见到邪教上师终于落得个尸骨无存的下场,他也不知是该庆幸,还是该叹息。

而此刻那些幸存的净世教教徒,却始终不知刚才究竟发生了何事,现在这些瘫倒在地的可怜人,脑中只存着一个念头:"下面,就该轮到自己了吧?"

这时候,郊野中这些心神各有所属之人,都没注意到就在刚才鸟群奔击之处,有一只黯淡的金钵,正悄然离地而起,叮的一声朝西南方破空而去。

看见这道倏然而逝的淡影,心中担忧的琼容略停了停脚步,便重新追上雪宜姐姐,齐向刚才血光迸现处奔去。

第二十三章
光射斗牛，都道洪福天降

话说在天之西南，有一处云遮雾罩的所在，名曰崆岈山。

崆岈山高绝之处，有幽深古洞，成日里白云遮蔽，飞鸟不凌，传说其中有仙人居住，号为崆岈老祖。

这一日，正是天气晴和，云卷云舒。高崖绝壁上这处崆岈山洞中，正有一鹤氅老者，面如冠玉，骨骼清奇，坐在山洞边闭目炼气。这位仙风道骨之人打坐之处，正临着万丈深渊，常有白云雾气，丝丝缕缕，不时从他面前飘过。这一派出尘景象，一瞧便知是深山幽谷中的妙道仙家。

崆岈老祖正在专心打坐之时，突然心生感念，便睁起数月未开的双目，朝洞前广袤天地中看去，恰见原本晴光万里的云天，已阴雨连绵。

见天象异变，心如止水的崆岈老祖不禁"噫"了一声，然后便看见眼前灰暗的成堆雨云中，正有一道黄色的光华破空而来。

"哦，原是我徒儿应了劫数。"一见崆岈法宝金缺钵穿云飞来，崆岈老祖微一动念，便知是三徒弟金缺子已堕了轮回。

将光华黯淡的金缺钵托在手中，便见其中有一个绿油油的光影小人，在钵底激烈地挣扎，似乎正向这个面目慈祥之人，愤怒地控诉着什么。

崆峒老祖定定看了一会儿钵底激愤的魂影,便已是心领神会:"嗯,原来如此。"

叹息一声,崆峒老仙伸出手掌,平覆在金钵之上,不待钵底魂光有何反应,便已是一道幽光射出,瞬间将那个灵智强大的精魂噬入掌心。刹那间,崆峒老祖白玉般的脸庞上,立时如染秋枫之色。

静坐一阵,待脸上红气散尽,一直不动声色的千年老仙,忽地开颜一笑,自言自语道:"有趣,有趣,也会噬魂啊……嗯,本仙已多年无事,这回便不妨下山走一遭,替我那乖徒儿报个仇吧。"

而这时,不知危险临近的小言还呆呆站在阳山郊外,望着远处云天中两个飘然而逝的背影愣怔出神。

他现在正在心中赞叹:"奇哉,真乃异人也!倏然而来,倏然而去,视天地如逆旅,以七尺为蜉蝣,真是令人羡煞!"

心中感怀称赞之余,却也有一丝沮丧:"唉,真是憾事。刚才我开口欲与他二人结交,平辈亦可,奉其为前辈亦可,却不知为何竟遭婉言谢绝,难不成真是无缘?"

原来,刚才弑灭罪魁祸首金钵僧后,小言便欲与殷铁崖、应小蝶结交。不承想,这俩身怀奇术的异人,刚刚还与他甚为投缘,现在竟抵死不愿答应。见这样,小言也是随缘之人,也就未再勉强。

正当他念及此处,满怀惆怅之时,忽听身旁有人叫他:"张堂主,刚才实在多谢你美言,才能达成我夫妇二人天大的心愿!"

身边感激涕零之人,正是小言不久前的旧相识——招亲播主朗成!

就在刚才,正当小言觉着阳山县净世教余毒难了之时,玄灵教堂主殷铁崖一声呼哨,便招来了朗成、胡二娘二人,说他俩是玄灵教在本地正在考察的新晋弟子,正好可替他分忧。

一见这俩旧相识，小言自是大感意外，又听得"考察""新晋"之语，一问才知，原来玄灵教招募门徒极其严格。朗成、胡二娘，皆是各自族中推举出的出类拔萃之辈，但仍需经历一年的考察，待其表现得到教中主脑人物首肯，才能拜过神师像，正式加入玄灵教麟麟堂。

说起来朗成、胡二娘两人，为了入玄灵教兢兢业业，只因他们族中长老，听闻玄灵教崛起天南，虽然行事低调，但似乎欲以天道统合灵界，结束灵界一盘散沙的困局，不再任人任魔宰割奴役。

同为灵族，闻言自然振奋，于是朗成、胡二娘所在狼族、狐族的长老，便又着实留心打探一番，发觉玄灵教所作所为，正是灵界众人所希望的，于是便各自郑重推举出朗成、胡二娘两人，希望他们无论吃多少苦，都要代表本族加入玄灵教，为振兴灵界出一份力。

虽然玄灵教立教不久，但眼下天南地面上的灵界妖族，公认它为领袖。岭南狼、狐二族，近些年日渐衰微，如若族中有人能加入其中，正好可以帮着重振本族声威。狼、狐之族长老，打的正是未雨绸缪的主意，须知这样前途无量的教门，越早加入，将来对各自家族就越有利。

玄灵教入教规仪严格，朗成夫妇又被寄予了这样的厚望，他二人便不敢有丝毫松懈。谁承想，朗成、胡二娘两人的考察期还不到三个月，小言刚才轻飘飘的一句话，便立即遂了二人入教的宏愿！

此刻，允下承诺的羽灵堂堂主，已和羽灵堂令使飘然远离，朗氏夫妇二人却还如在梦中："刚才是怎么回事？自己应该没听错吧？"

看着身前临风伫立、风度翩翩的小言，朗成更是迟疑："这少年究竟是何人？加入玄灵教如此之难，刚才他只不过略略提及我二人招亲纳财、赈济旱灾贫民之事，再轻轻赞了一句，竟让身份煊赫的殷堂主一口应允了我们正式入教之事！"

这二人的疑虑还不仅仅在此。且不说这羽灵堂堂主地位如何尊贵,为何恰在此地轻易出现;更让人费解的是,玄灵教门中分工严格,规程严明,他们夫妇二人本应加入麒麟堂,按理说殷堂主也无权允诺,但刚才,他却偏偏替麒麟堂堂主一口应承下来!而与他同来的那位花间客应令使,闻言居然不动声色,非但丝毫不露诧异之情,反而让人觉着这是理所当然!

"难不成是自己当初将那章程听错了?"百思不得其解之余,郎成夫妇便有些疑神疑鬼。

不管怎样,正式入玄灵教之事似是大有希望,于是小言的这两个老相识,便满口跟他称谢。见他俩如此,小言倒有些摸不着头脑了。

正纷乱间,应在布庄挑选绸绢的琼容和雪宜,从大道上飞跑过来,一齐紧张地问堂主刚才发生了何事。

听她俩急切相问,小言就将刚才的事轻描淡写地说了一遍,然后紧接着就问琼容白绸挑得怎样。

听说哥哥没事,小姑娘又欢腾起来,告诉小言自己已挑出一匹好看的绣花白绸,就连雪宜姐姐都说很好看,现在就只等堂主哥哥去付钱了。原来,虽然雪宜那儿有些盘缠,但四海堂中素来都是由惯熟谈价的堂主付钱。

直到这时,听琼容说起银钱的事,小言才猛然一惊,然后便冷汗涔涔而下!

见他脸色突然煞白,伺立一旁的郎氏夫妇顿时也大为紧张,急问他出了何事,他俩能否有效劳之处。却听小言沮丧回答:"晦气!刚才只顾猛冲,没承想褡裢中的银两全部散落了!"

"……"

其后,在十数个胆战心惊的净世教教徒协助下,张堂主不幸失落的钱财全部又回到了他的宝贝钱囊中。略数了数,小言发现现在的银钱,竟比原来还多出许多!

原来,那些恐惧非常的净世教教徒,自认为这些高人行事,俱是高深莫测,揣摩着这捡钱之语,只不过是个考验,如果没能捡到,便会立即走上教中前辈的老路。于是,那些平时出门习惯不带钱的教徒,这时都追悔莫及,在猫腰遍寻不着的"危急"情形下,只好涎着脸小声地向教友兄弟们借救命钱……

正是落难之时,立即就让他们分辨出平素所谓过命教友情谊的真伪:竟有好几个无良鼠辈,存了多交钱多活命的念头,丝毫不理他们的苦苦哀求,而一脸谄媚地将身上巨款,全盘献给那位焦急的少年!

再说小言,见大事已定,便装出凶恶的样子,将世上的义理略说了说,又危言耸听地吓唬了一番,便让这些教民回去了。

经过一年多历练,小言的口才见识,已比当年在鄱阳湖边恫吓官老爷时,不知长进了多少,他这番恶言恶语,立即就把眼前这些人吓得屁滚尿流,将什么渡劫教义全都抛到了脑后。他们现在心下皆念叨:说什么应劫成神,那都是假货;能逃过眼前这些杀神的劫数,才是正道!

之后小言回到绸布庄,替琼容看中的布料付过钱,再央红帕会会首石玉英,请会中精熟女红的姐妹,给粉妆玉琢的可爱小姑娘精心缝制了一件飘带佩穗的合体罗裳。

了却这桩心愿,小言便辞过百般挽留的祝融门、红帕会众人,和琼容、雪宜重新踏上了历练之途。

出得阳山县境,心中也没什么准数儿的小言,便顺道朝偏西方行去。一路行走,只见山水越发明秀。与之前路过的郡县完全不同,而且越往西行,湖川便越来越多。

路途中小言留意了一下,发觉这一路上经过的每座山丘下面基本都临

着一湾明镜般的湖潭。和琼容、雪宜一起在如画的山水中行走,说说笑笑,停停留留,小言觉着惬意非常。

　　七八日之后,三人走到了一个绿意盎然的集镇。

　　到得镇上,正觉着旅途平淡的小言忽听茶寮中众口相传,说昨晚子夜之时,只听轰一声巨响,镇西南平地冲起十数丈高的五彩毫光。等那胆大的人结伴去看时,发现五彩毫光射出之地,正在镇西南的通衢大道上。平时人来人往之地,现在已裂出一个巨大的洞窟,将道路从中截断,那一看便知祥瑞非凡的彩光瑞华,正是从洞窟中射出。

　　只听邻桌上品茶的闲汉正撮着牙花子跟同伴说道:"我说,您老也忒不知事! 五六天前,兄弟便听镇上童谣在唱:'云中光,神仙降;路里缝,宝物藏。'这分明就是说洞里有仙人宝物哇!"

　　"有宝?!"正闲得无聊的小言立时便支起了耳朵!

图书在版编目(CIP)数据

　　四海为仙5：邪神藏杀机 / 管平潮著.—杭州：
浙江文艺出版社,2021.8
　　ISBN 978-7-5339-6544-0

　　Ⅰ.①四… Ⅱ.①管… Ⅲ.①长篇小说—中国—当代
Ⅳ.①I247.5

　　中国版本图书馆CIP数据核字（2021）第120749号

选题策划　关俊红
责任编辑　周海鸣
营销编辑　宋佳音
封面设计　仙境 **WONDERLAND** Book design
版式设计　吴　瑕
封面绘图　谭明-ming
内文绘图　南宫格
责任印制　张丽敏

四海为仙5：邪神藏杀机

管平潮　著

出版　浙江文艺出版社
地址　杭州市体育场路347号
邮编　310006
电话　0571-85176953（总编办）
　　　0571-85152727（市场部）
制版　浙江新华图文制作有限公司
印刷　杭州杭新印务有限公司
开本　710毫米×1000毫米　1/16
字数　160千字
印张　12.5
插页　2
版次　2021年8月第1版
印次　2021年8月第1次印刷
书号　ISBN 978-7-5339-6544-0
定价　45.00元